PAIRES D'AS ET DE HUIT ET LA PEAU D'UN LOUP-GAROU

JODI VAUGHN

CHAPITRE UN

Qui aurait pu prédire qu'être un vampire serait une telle plaie ?

J'étais accroc au sang.

Épuisée par le soleil.

Et condamnée à arpenter cette Terre pour l'éternité.

Jusqu'à ce que quelqu'un me plante un pieu dans le cœur, tout du moins. Ou me coupe la tête. Qu'importait, après tout.

Je pénétrai dans la cuisine d'un pas las. Le soleil n'était pas encore levé, mais je commençais déjà à manquer d'énergie sous la menace des premiers rayons du jour. Je resserrai le nœud de ma robe de chambre et me glissai sur un tabouret. Je pris le journal et l'ouvris.

Vampire ou non, je tenais encore à garder un œil sur les dernières nouvelles de la petite ville de Charming, dans le Mississippi.

Cela faisait quelques semaines déjà que Khalan avait assassiné Memphis pour la punir d'avoir kidnappé mes filles. La star de la country se trouvait aussi être sa Créatrice, celle-là même qui l'avait transformé et l'avait privé de son humanité des siècles plus tôt. Qui aurait pu se douter que sa célébrité et son corps de déesse cachaient une âme maléfique ?

J'étais soulagée qu'elle soit morte.

Je n'aurais ainsi pas à m'inquiéter qu'elle ressurgisse dans ma vie.

Khalan continuait à me rendre visite tous les vendredis soirs pour aller nous nourrir ensemble. Je n'avais jusqu'ici jamais tué quiconque et me contentais de prendre suffisamment de sang pour étancher ma soif.

J'avais aussi décroché un emploi auprès de Stan, un détective privé, après mon divorce avec Miles. Il était le propriétaire de l'*Agence de détectives privés discrète* de la ville. J'étais sa photographe, et mon rôle était de prendre les maris qui trompaient leurs épouses ou les fraudeurs à l'assurance la main dans le sac. J'avais pris ce travail après avoir découvert que mon ex-mari se saignait aux quatre veines pour payer la prestation compensatoire qui m'avait été attribuée en plus de la pension alimentaire. Cela ne m'avait pas franchement dérangée jusqu'à ce que j'apprenne que mes filles avaient dû séjourner dans son appartement miteux au-dessus du garage de Madame Grishom lorsqu'elles étaient allées lui rendre visite.

J'avais été incapable de les savoir dans un tel environnement sans lever le petit doigt.

J'avais ainsi demandé au tribunal de revoir le montant de la pension compensatoire à la baisse après avoir commencé mon nouvel emploi.

Je l'avais fait pour mes filles, pas pour Miles. Il ne méritait pas la moindre indulgence à mes yeux après avoir fait de ma vie un enfer en ayant une liaison avec ma meilleure amie, Nikki.

Mais c'était le moindre de mes problèmes. J'étais bien plus préoccupée par le fait que j'étais à présent une maman célibataire avec deux filles splendides en plus d'être un tout jeune vampire. J'avais justement manqué de me faire décapiter par un chasse-neige le soir même où j'avais découvert la liaison de Miles et Nikki. C'est alors que mon Créateur, Khalan, m'avait transformée en vampire pour me sauver la vie.

Ma nouvelle nature n'avait que peu d'avantages, outre le fait qu'elle avait inversé les effets du temps et m'avait fait retrouver un corps de déesse. Je ressemblais plus à une nénette de vingt-trois ans qu'à une femme de trente-cinq ans à présent. Mes amies n'avaient d'ailleurs de cesse de me demander qui était mon chirurgien esthétique.

Je leur racontais que je me faisais faire du Botox.

En échange de mon immortalité, il me fallait à présent mentir pour garder mon identité secrète auprès de tous mes proches. C'était difficile, d'autant que je savais que mon Créateur ne m'appréciait pas plus que ça.

– Maman, j'ai un problème, Arianna se laissa tomber sur un tabouret à côté du mien. Je relevai le nez du journal du matin, surprise. Je jetai un coup d'œil à l'horloge.

Nous étions samedi et elle faisait habituellement la grasse matinée. Plus surprenant encore était le fait qu'elle vienne me demander conseil, ce qu'elle ne faisait plus que très rarement depuis qu'elle était devenue adolescente.

– Je t'écoute, dis-je en repliant le journal que j'étais en train de lire pour le poser à côté de moi. Je retins mon souffle. Avait-elle besoin de conseils vestimentaires ? Ou voulait-elle me parler d'un garçon de l'école ? Pire encore, avait-elle découvert ma nature de vampire ?

Arianna se tordit les mains un instant avant de croiser mon regard.

Quoiqu'elle voulait me dire, il était évident que c'était important.

– Tu peux tout me dire, je lui lançai un sourire encourageant.

Elle acquiesça, un sourire contrit aux lèvres.

— Je suis désolée te le dire, mais Papa voit quelqu'un.

Son aveu me fit l'effet d'un coup de poing dans le ventre.

Nous étions divorcés depuis plusieurs mois à présent. Mais au fond, et quand bien même je cherchais à le nier, je détestais cette situation. Je ne parviendrais jamais à comprendre comment Miles avait pu abandonner sa famille sans même un regard en arrière, d'autant que c'était à présent à moi de recoller les morceaux aujourd'hui. Pas à lui.

— Je vois, je m'éclaircis la gorge et préparai ma réponse avec soin. Tu sais mon cœur, nous ne sommes plus mariés papa et moi. Il a le droit de fréquenter qui il veut.

Arianna fronça les sourcils.

— Donc tu n'es même pas curieuse de savoir qui c'est ?

Je crevais d'envie de le savoir, je ne pouvais le nier. Mais il était hors de question que je le lui avoue. Pas alors que je m'échinais à faire de mes filles des femmes fortes et indépendantes. Il fallait que je leur montre l'exemple.

— Je ne m'attendais pas à ce que tu le prennes aussi bien. Tu ne sors avec personne toi quand même, si ? me demanda-t-elle d'un air accusateur.

J'écarquillai les yeux.

— Moi ? je ris en secouant la tête. Je n'en ai pas vraiment le temps en ce moment, mon cœur.

Je récupérai le journal et son expression s'assombrit.

— J'étais sûre que tu dirais ça, maman. Mais tu sais, je ne veux pas que tu mettes ta vie en pause pour moi et Gabby.

— Mais de quoi tu parles ? C'est vous ma vie, je caressai ses cheveux d'ébène en souriant. Elle grandissait si vite. Elle aurait bientôt fini le lycée et serait en route pour l'université dans quelques années à peine.

— Ce que je veux dire, c'est que papa a tourné la page. Il voit une femme, et il a l'air heureux. Et j'aimerais bien que tu sortes avec quelqu'un aussi. Gabby et moi seront vites parties, et Dieu sait qu'on serait bien plus heureuses si tu avais quelqu'un pour veiller sur toi quand on ne sera plus là. Sans parler du fait que je ne veux pas que tu te pointes sur le campus tous les week-ends quand je serai à l'université, elle me lança un sourire taquin.

– Tu pourrais aussi me rendre visite. Ole Miss n'est pas si loin, tu sais.

Cela ne m'empêcherait cependant pas d'aller la voir tous les week-ends.

Son sourire se dissipa.

– Justement, en parlant de ça… Je pense pas mal à l'université ces derniers temps.

– J'imagine, mais ne t'inquiète pas, tu n'auras aucun mal à rentrer à Ole Miss étant donné que ton père y est allé aussi, dis-je d'un ton rassurant.

– Et si je veux aller étudier ailleurs ?

Je fronçai les sourcils, incapable de trouver quoi lui répondre. Arianna avait toujours adoré nous accompagner aux matchs de foot de l'université et n'avait eu de cesse de dire qu'elle étudierait à Ole Miss quand le temps serait venu.

– Comment ça ?

– J'ai fait pas mal de recherches en ligne, et les recruteurs sont souvent à l'école ces temps-ci. D'ailleurs j'ai discuté avec un type de l'université d'Alabama et…

– Roll Tide ? l'interrompis-je, surprise. Miles abhorrait l'Alabama. Vraiment ?

– Ouais.

– Mais la plupart de tes copines ont prévu d'aller à Ole Miss, non ? Enfin, j'imagine que ça a peu d'importance. Tu as encore un peu de temps devant toi avant de te décider, et quelques années à tirer avant de finir le lycée.

– Je sais, elle sourit. C'est juste que l'université d'Alabama a un super programme, avec tout un tas d'options…

– Et tes copines, dans tout ça ?

– Tu sais ce n'est pas si terrible de se faire de nouveaux amis parfois. De vrais amis, qui te soutiennent et t'aident à atteindre tes objectifs.

J'acquiesçai. Elle avait raison, mais je ne pus m'empêcher de me demander si le fait de partir pour l'Alabama n'était pas un moyen pour elle de prendre un nouveau départ là où personne ne serait au courant des coucheries de Miles.

– C'est vrai. Si c'est vraiment ce que tu veux, fais encore quelques recherches et on en discutera avec ton père.

Arianna soupira.

– Papa ne va pas être content.

– Peut-être, mais il finira par s'y faire. Ce qui compte, c'est que tu sois heureuse et que tu ailles à l'université de ton choix. Il va falloir qu'on regarde pour une bourse et tout ça mais…

– Sérieux ? un sourire vint illuminer son visage.

– Mais oui, je souris.

Elle bondit pour me prendre dans ses bras.

– Merci, maman. Je t'aime.

– Moi aussi, je me reculai pour croiser son regard. Mais n'oublie pas qu'il faut encore qu'on en discute avec ton père.

– Je sais. Et s'il refuse de payer mes frais de scolarité ? elle se mordilla la lèvre, inquiète.

– Dans ce cas il faudra vraiment que tu décroches une bourse. Mais tu as de bonnes notes. Tant que tu continues comme ça, c'est faisable.

– Merci, maman.

Elle m'enlaça une dernière fois avant de courir dans sa chambre. Je la suivis du regard en souriant. Miles allait être terriblement déçu, c'était indéniable. Et je trouvais cette perspective tout à fait réjouissante.

J'avais été terriblement inquiète pour le bien-être des filles lorsque nous avions divorcé. J'avais eu peur de gâcher leur vie et leur avenir en me séparant de Miles.

Mais le fait de voir Arianna si excitée à l'idée d'aller à l'université et de relever de nouveaux défis ne faisait que me confirmer que tout irait bien.

Et savoir que Miles allait être dévasté que son aînée ne suive pas son exemple en fréquentant la même université que lui était la cerise sur le gâteau.

CHAPITRE DEUX

Je pénétrai dans le parking qui bordait Main Street. Mon patron et propriétaire de l'*Agence de détectives privés discrète,* l'oncle Stan, m'avait appelée la veille pour me demander de me présenter à son bureau à la première heure ce matin. Je devinais qu'il avait une nouvelle tâche à me confier. Ma dernière grosse affaire remontait à quelques semaines déjà, lorsqu'il m'avait demandé de prendre en photo un mari violent en train de tromper son épouse pour que cette dernière ait de quoi demander le divorce sans être exclue de son église. Au bout du compte, son mari avait fini par lui donner ce qu'elle voulait.

J'avais trouvé ce projet terriblement exaltant contrairement aux affaires dont j'avais dû me charger dernièrement. Stan m'avait demandé de trouver des preuves compromettantes sur deux personnes soupçonnées de fraude à l'assurance. Il n'était pas rare qu'une personne fasse semblant d'avoir été blessée dans un accident pour toucher une prime de handicap. J'avais aussi dû prendre des maris infidèles en photo, ce qui n'avait rien de franchement passionnant en soi.

Non pas que cela me dérangeait. J'avais un travail régulier, et mon salaire était à la hauteur de mes besoins.

J'ouvris la porte du bâtiment vieillot qui abritait les bureaux de l'oncle Stan et enfonçait le bouton de l'ascenseur en jetant un œil à mon reflet dans les portes en métal réfléchissantes.

L'ascenseur sonna et je me glissai dans le cube de métal en appuyant sur le bouton de l'étage auquel l'agence était installée.

Il entama bientôt son ascension. Une fois arrivée à bon port, je pris immédiatement la direction du bureau de Stan dans lequel j'entrai. Il m'avait autrefois raconté avoir engagé une secrétaire avant de la virer lorsqu'il avait réalisé qu'il détestait que des étrangers viennent mettre le nez dans ses affaires. Il se chargeait donc de chaque tâche lui-même, qu'il s'agisse de répondre au téléphone, de discuter avec les clients, ou de gérer la trésorerie. Je trouvai l'oncle Stan assis derrière son bureau mal rangé. Des piles de dossier marrons recouvraient le chêne lustré, et une myriade de post-it décoraient les tiroirs entrouverts derrière lui. Un simple coup d'œil à ce désordre suffisait à me rendre anxieuse.

— Salut, oncle Stan. De quoi est-ce que tu voulais me parler ? je me laissai tomber dans le siège en face de lui.

— Rachel, combien de fois est-ce que je vais devoir te dire de m'appeler Stan ? Je ne suis pas ton oncle, me rétorqua-t-il par-dessus ses lunettes épaisses.

— Désolée, c'est l'habitude, je haussai les épaules. J'avais rencontré Stan par le biais d'une amie proche. C'était son oncle à *elle*, mais elle le présentait toujours à ses amis comme étant l'*oncle Stan*.

Il me fixa un instant.

— Il faut que je t'avoue un truc, Rachel. Je ne t'en ai pas parlé, mais ton amie Nikki est passée me voir il y a quelque temps.

– Ex-amie, le corrigeai-je d'un regard noir.

Il acquiesça en levant la main.

– Pardon. Ton ex-amie Nikki m'a engagé. Et il me semblait qu'il était temps que tu le saches étant donné que tu es mon employée.

– Et elle t'a engagé pour quoi ? demandai-je d'un air innocent. Quoiqu'il l'ignorait, j'avais suivi Nikki lorsqu'elle s'était rendue à son bureau au beau milieu de la nuit quelques semaines plus tôt. J'étais même allée jusqu'à me glisser à l'intérieur pour écouter leur conversation.

– Elle m'a engagé pour que je retrouve son mari, Brad, dit-il en plongeant son regard dans le mien.

– Elle veut que tu retrouves Brad ? Mais il a laissé une lettre de suicide, non ? je me forçai à prendre un air troublé. J'étais passée maîtresse dans l'art du mensonge depuis ma transformation en vampire. Il est mort, non ?

– Il a laissé une lettre, c'est vrai. Mais on n'a jamais retrouvé de corps, et Nikki m'a engagé pour que je le fasse, il haussa les épaules. Elle semble croire qu'il est encore en vie. Ou alors elle espère qu'il soit vraiment mort pour rafler l'argent de son assurance vie, je ne sais pas. J'ai cru comprendre qu'elle en aurait bien besoin.

Il renifla en remontant ses lunettes le long de son nez.

– Je ne comprends pas. Pourquoi est-ce qu'elle penserait qu'il est encore en vie ? Il a laissé une lettre de suicide.

– Oui enfin ça, c'est ce qu'on dit, Stan se redressa et se mit à ranger les documents éparpillés sur son bureau.

Mon estomac se serra.

Je déglutis bruyamment.

Stan en savait-il plus qu'il le prétendait ?

– Bon et pourquoi tu me racontes tout ça ? Ça ne me concerne pas vraiment.

Il soupira et joignit les mains avant de se tourner vers moi.

– Pour être honnête, tu es la meilleure photographe que j'aie jamais eue. Tu ne rechignes jamais à travailler de nuit contrairement à d'autres qui se plaignent tout le temps du manque de sommeil. Et tu te fiches bien de devoir faire des choses qui vont à l'encontre de tes valeurs. Alors si je t'en parle, c'est surtout pour être correct envers toi.

Je me détendis, et esquissai un sourire.

– C'est gentil.

– C'est normal. Et juste pour info, je ne suis pas du genre à distribuer les compliments pour faire plaisir.

– Je t'en suis vraiment reconnaissante.

C'était vrai. Cela faisait longtemps déjà que je n'avais plus été complimentée par quiconque. Je souris en m'enfonçant dans mon siège.

– Bon, et pour en revenir à Nikki, ça fait plusieurs mois maintenant que j'ai confié le bébé à mes meilleurs enquêteurs. Aucun n'est parvenu à trouver ne serait-ce qu'un minuscule indice pour expliquer la disparition de Brad Stollings.. Il n'y a pas la moindre trace de son pick-up, ni de lui. Aucune activité sur son compte en banque, rien, il soupira longuement. Franchement, il a vraiment l'air de s'être suicidé.

J'acquiesçai, soulagée.

– Mais je ne peux pas arrêter les recherches tant que je n'ai pas trouvé de corps.

Je fus tentée de hurler. Pourquoi ne pouvait-il pas se contenter d'abandonner ?

– Je vois.

– Ce n'est pas tout. J'aimerais que tu trouves quelques infos pour moi.

– Moi ? je ne pus cacher ma surprise. Mais je suis photographe, pas enquêtrice.

Je croisai les bras.

– Ouais, et t'es sacrément douée. Sans parler du fait que

tu as aussi été très proche de Nikki et donc de son mari, par extension. Tu connaissais ses habitudes, ses coins préférés, et je suis même prêt à parier que tu as au moins une petite idée de l'endroit où il aurait pu se rendre. Et puis, tu connais Nikki mieux que personne.

– C'est ce que je croyais, ricanai-je. Je n'aurais jamais imaginé qu'elle puisse aller jusqu'à coucher avec mon mari. Visiblement, je ne la connaissais pas du tout.

Il me fixa en silence.

– Bon et si tu doutes qu'il se soit suicidé, qu'est-ce qui lui est arrivé d'après toi ? je me penchai vers lui.

Il me regarda un moment et remonta ses lunettes le long de son nez à nouveau avant de croiser les bras.

– Tu veux vraiment savoir ce que j'en pense ?

J'acquiesçai.

– Selon moi, Brad Stollings est bien mort. Mais je ne pense pas qu'il se soit suicidé.

– Quoi ? il me sembla que mon cœur avait cessé de battre dans ma poitrine.

L'oncle Stan avait-il deviné la vérité ? Était-il en train de se jouer de moi comme un chat avec une souris ? Me manipulait-il pour me forcer à avouer ce qui s'était vraiment passé ?

– Mais…

Il leva la main pour me faire taire.

– Rachel, je sais que ça va te surprendre, mais avec tout ce que j'ai entendu au sujet de Brad, j'ai de bonnes raisons de croire qu'il a été assassiné. Je crois qu'on enquête sur un meurtre.

CHAPITRE TROIS

Je rentrai directement après mon rendez-vous avec l'oncle Stan et me recouchai sans attendre. Je parvins à me reposer pendant près de six heures, mais je me sentais encore terriblement fatiguée lorsque je me levai enfin.

Je me laissai tomber sur le canapé et pris mon téléphone pour appeler mon amie Gina Randle.

Elle répondit à la troisième sonnerie.

– Allô ?

– Coucou Gina. T'as une minute pour discuter ?

– Bien sûr. Donne-moi deux secondes.

Un bruit de papier froissé suivit sa réponse et je la devinai en train de ranger des documents. Gina était manager dans la société d'investissement de son mari. Elle était de loin l'une des personnes les plus disciplinées que je connaissais.

– T'es sûre ? T'as l'air plutôt occupée.

– Non, on peut discuter. Je viens de sortir d'une réunion, alors je peux te dire que j'en ai besoin.

Je réfléchis un instant et choisis mes mots avec soin.

– Arianna m'a dit que Miles voyait une femme.

– Dis-moi que tu n'es pas jalouse, je t'en prie. On dirait que t'as l'air déçue à ta voix.

– Je ne suis pas jalouse.

– T'es sûre ? Parce que toutes les femmes de Charming t'admirent, tu sais. On compte toutes sur toi, Rachel.

Je ris.

– Il ne faut pas que je vous déçoive dans ce cas, je m'allongeai sur le canapé en étouffant un bâillement.

– Ne t'inquiète pas pour ça, tu es l'une des femmes les plus fortes que je connaisse. Alors, dis-moi, qu'est-ce qu'il y a ?

– Arianna m'a dit qu'elle était inquiète pour moi, et qu'il était temps que je me remette à sortir avec des hommes. Elle dit qu'elle ne veut pas me savoir seule une fois que Gabby et elle iront à l'université, je me massai la tempe en grognant. Je trouve que c'est un peu tôt, tu ne penses pas ?

– Pour te remettre à sortir avec des hommes ? Franchement, j'avais hâte que tu m'en parles. Ça fait un moment que j'hésite à aborder le sujet.

– Vraiment ? je fronçai les sourcils.

– Ouais, mais je ne voulais pas te mettre la pression comme les autres filles. Je sais que Judith n'arrête pas de te prendre la tête pour t'organiser un rendez-vous avec le collègue de son mari, Gina ricana. Mais il ne faut pas que tu cèdes. Il a vingt ans de plus que toi. T'as franchement pas besoin de te maquer avec un vieux, Gina se tut un instant. À moins qu'il soit blindé.

Je me mordillai la lèvre. Mon amie serait sans doute choquée de découvrir quel âge Khalan avait.

– Alors, t'en penses quoi ? Arianna a raison, selon toi ? Il faudrait que je me remette à sortir ? je me massai les tempes à nouveau.

– C'est un peu ironique que tu m'en parles maintenant.

– Pourquoi ?

– Parce que j'ai justement quelque chose à te proposer qui pourrait t'intéresser. Une soirée caritative pour célibataires, ça s'appelle *Paires d'As et de Huit*. Notre entreprise s'est associée avec plusieurs autres grands noms de la ville pour organiser l'événement.

– Et c'est quoi, exactement ? Une sorte de vente aux enchères où on se dispute des types à moitié nus, c'est ça ?

– Non, mais ce n'est pas une mauvaise idée. On fera peut-être ça l'année prochaine.

– Gina…, soupirai-je.

– Non, sérieusement. Ce serait une bonne opportunité pour toi de te remettre un peu dans le bain sans forcément faire le grand saut.

– Ça marche comment ? je me redressai et serrai un oreiller contre moi. Le simple fait de songer à l'idée de fréquenter un homme me donnait la nausée.

– Tous les participants doivent s'inscrire et payer leur entrée. Chaque personne doit être approuvée, donc ce n'est pas comme si tout le monde pouvait se pointer comme une fleur. Mais le mieux, c'est que l'événement a lieu sur un bateau sur le Mississippi.

– Quoi ? je fronçai les sourcils. Le corps de Brad reposait encore au fond du Mississippi. C'était le dernier endroit où je voulais me trouver.

– Le code vestimentaire est habillé et élégant. Il y aura un dîner et un mini casino à bord.

L'excitation de Gina était évidente dans sa voix.

– Je ne sais pas, Gina. Je ne suis pas franchement du genre à parier…

– Mais bien sûr que si. Tu as fait un sacré pari en décidant de divorcer au lieu de rester avec ton infidèle de mari pour sauver les apparences.

– Ce n'est pas franchement ce que je voulais dire.

– Je sais, mais on s'amusera bien. Et puis tu pourras

toujours t'en remettre aux machines à sous si tu ne veux pas jouer au poker.

– Et si je finis avec un tueur en série ?

– Il n'y a pas de tueur en série à Charming, ricana Gina.

– Tu oublies Cal.

– Techniquement, il n'a tué qu'une seule fille… à moins que tu ne saches quelque chose que j'ignore.

– Bien sûr que non, je me passai une main sur le visage.

– Écoute, je te jure que tu vas t'amuser. Vois ça comme un prétexte pour mettre une jolie robe, jouer un peu au poker et prendre un bon repas. Et qui sait, tu rencontreras peut-être même quelqu'un de sympa que tu auras envie de revoir.

– Je n'ai pas franchement envie que toute la ville de Charming sache que je cherche un mec.

– Mais c'est ça, le truc. Personne ne saura rien. Le questionnaire est super détaillé, du coup tu seras uniquement matchée avec quelqu'un qui partage tes centres d'intérêt. Et puis, il faut s'inscrire et se connecter sur le site de l'événement pour avoir accès à la liste des participants. Sans parler du fait que tous les profits générés par cette soirée seront reversés à l'Association Contre les Violences Conjugales de la ville. Ça te fera une bonne excuse de t'y rendre, si on te pose la question.

– Et si on me matche avec un camionneur chauve qui a mauvaise haleine ?

– C'est très peu probable. Les tickets sont chers et, comme je te l'ai dit, il y a processus de vérification. On vérifie même les antécédents des participants.

– Et comment ton entreprise a eu cette idée ? je ne pouvais nier trouver ce concept très original.

– Il y a peu, l'un de nos employés a divorcé après cinquante ans de mariage. Et depuis, il n'arrête pas de se plaindre qu'il a du mal à trouver une femme de son âge qui aime les mêmes choses que lui et qui ne soit pas uniquement à la recherche d'un mec friqué. Il dit qu'il cherche une femme avec laquelle discuter, qui aurait sa propre carrière et avec laquelle il pourrait sortir de temps en temps. Plus une sorte de compagne qu'autre chose, tu sais.

– Donc ce n'est pas un truc pour trouver un partenaire sexuel ? soupirai-je.

Gina rit.

– Pas du tout. C'est rien qu'un événement pour ceux qui ont besoin d'un peu de compagnie, d'un dîner romantique ou d'une escapade au bord de la plage.

Je grimaçai. J'aurais sans doute adoré l'idée d'aller passer le week-end à la mer quelques années plus tôt, mais je préférais les endroits frais et sombres, comme l'Antarctique, depuis que j'étais devenue un vampire.

– Alors, ça te dit ?

– Je ne sais pas Gina, je me mordillai la lèvre inférieure.

– Tu ne vas quand même pas continuer à passer tous tes week-ends toute seule quand Miles a les filles, si ? Essaie au moins, ça ne coûte rien. On ne te demande pas de tomber amoureuse immédiatement, et ça te donnera une bonne excuse pour sortir un peu.

– Mais je sors, tu sais. J'ai un travail maintenant.

– Ouais, de nuit. Alors que tu devrais être avec un homme. Ça se passe comment ce travail, au fait ?

– Ça va, et tant mieux d'ailleurs vu que j'ai demandé au tribunal de diminuer la prestation compensatoire de Miles. Je commence un peu à regretter étant donné qu'il n'a plus l'air de galérer autant qu'avant d'un point de vue financier. Il est retourné vivre dans son appart et s'est même acheté une nouvelle voiture.

– Je t'avais dit que c'était une mauvaise idée.

– Ouais, je sais. Mais j'ai déposé ma requête il y a des mois, quand il vivait encore dans son studio infesté de cafards au-dessus du garage de la vieille Grishom. Je ne pouvais pas laisser les filles aller lui rendre visite là-bas.

– Je comprends, Rachel. Mais il faut aussi que tu penses un peu à toi. Il faut que tu te remettes dans la course.

Je soupirai.

– Bon, d'accord. Je viens à ta soirée. Envoie-moi le questionnaire.

– Super ! s'exclama Gina. Je suis vraiment contente. Et fais-moi confiance, tu ne vas pas le regretter, Rachel.

Elle raccrocha, et j'enfouis mon visage dans mes mains.

Je regrettais déjà.

CHAPITRE QUATRE

Miles avait récupéré les filles après l'école pour son week-end de garde. L'oncle Stan ne m'ayant pas confié de nouveaux contrats, je m'occupais l'esprit en nettoyant la maison de fond en comble.

Une fois cela fait, je me laissai tomber sur le canapé, bien décidée à passer le reste de ma soirée à regarder un film et à me détendre. Je pris la télécommande et fus soudain submergée par une vague de tristesse.

Peut-être Gina et Arianna avaient-elles raison. Peut-être aurais-je dû me trouver quelqu'un, quand bien même cette relation ne serait que temporaire.

Je venais d'allumer la télévision lorsque mon téléphone sonna.

– Allô ?

– Madame Jones ? je jetai un coup d'œil à l'horloge lorsqu'une voix d'homme que je ne connaissais pas me répondit.

Il était trop tard pour qu'il s'agisse d'un démarcheur.

– Oui ?

– Je me présente, je suis le Dr. Kramer, le psychiatre de Cal Dennery.

Je me figeai.

– Oui ?

– Je suis désolé de vous appeler si tard, mais il fallait que je vous parle de Cal, il hésita un instant. Et du rôle que vous avez joué dans ce qui est arrivé.

– Du rôle que j'ai joué ? je me redressai. Je n'ai rien à voir avec ce que Cal a fait à cette pauvre fille.

Il rit doucement, m'arrachant un frisson d'effroi.

– Je n'en serais pas si certain à votre place, madame Jones.

– Je vous demande pardon ? sifflai-je. S'il était indéniable que je n'étais pas parfaite, je n'avais cependant rien d'une meurtrière. Pour le moment, tout du moins.

– Vous n'avez apparemment pas discuté avec Carla dernièrement.

Je courus à la fenêtre et tirai le rideau pour jeter un œil à la maison de ma voisine de l'autre côté de la rue. La porte de son garage était fermée, et je ne vis aucune lumière à l'intérieur. Où voulait-il en venir ?

– Madame Jones, j'ai hypnotisé Cal aujourd'hui, et je dois admettre avoir été très surpris par ce qu'il m'a révélé lors notre petite séance.

Ma colère se transforma aussitôt en une peur profonde et glaçante. Je m'écartai de la fenêtre et me laissai glisser par terre. Je plaquai mon téléphone à mon oreille avec une force telle qu'elle se mit à me faire mal.

– Vous l'avez hypnotisé ? Cal et Carla m'avaient pourtant assurés être contre cette pratique.

– Bizarrement, Cal s'est mis à se souvenir de la nuit du meurtre, et vous savez quel était le nom qu'il n'arrêtait pas d'appeler ?

Non, non, non.

– Ironiquement, c'était le vôtre.

– J'ignore pourquoi il dirait mon nom, répondis-je d'une voix blanche. Je connaissais à peine Cal.

– Je veux absolument vous voir à mon bureau demain.

– Mais c'est samedi, demain. Les cabinets sont fermés ce jour-là normalement, non ?

– Je fais une exception pour vous Rachel, rétorqua-t-il en faisant fi de la formalité. Il devait chercher à me montrer qui était le maître du jeu.

– Je ne sais pas…

Je devais absolument parler à Khalan.

– Ce n'est pas une suggestion. Quelque chose ne tourne pas rond chez mon patient, et il est clair que c'est à cause de vous, Rachel.

Je me sentis pâlir brusquement.

– Je veux vous voir à mon bureau demain à sept heures. J'ai cru comprendre que vous étiez plutôt un oiseau de nuit.

Merde.

Il savait. Il devait savoir que j'étais un vampire.

Je déglutis bruyamment en choisissant ma réponse avec soin.

– Sept heures me va très bien. Mais je ne pense sincèrement pas pouvoir vous être d'une quelconque aide, dis-je en tentant de garder un ton nonchalant malgré la peur panique qui s'emparait peu à peu de tout mon être.

– Parfait. À demain, madame Jones.

CHAPITRE CINQ

Khalan me fourra un verre de sang chaud entre les mains. Je ne pris pas la peine de lui demander où il se l'était procuré. Je ne voulais sans doute pas connaître la réponse de toute façon.

J'avais appelé mon Créateur après avoir raccroché avec le Dr. Kramer pour lui expliquer que je ne pouvais sortir me nourrir ce soir.

– Il va falloir que tu le tues, il se laissa tomber sur mon canapé, le regard dur.

– Le psychiatre ? je grimaçai.

J'avais jusque-là réussi à mener mon existence de vampire sans tuer quiconque, outre un raton-laveur, par accident, et je m'en sentais d'ailleurs encore terriblement coupable.

– Non, pas le docteur. C'est Cal, que tu dois tuer, il haussa les épaules.

Je m'étouffai sur ma gorgée de sang.

– Quoi ? dis-je d'un ton incrédule en m'essuyant le menton.

– C'est Cal, le problème. Apparemment, il se souvient que

tu l'as hypnotisé. Il a dû dire au psychiatre que tu étais un vampire et que tu as bu son sang. Donc s'il meurt, il n'y aura plus personne pour prouver que tu es un vampire. Problème résolu, il haussa les épaules.

– Et tu fais quoi du psychiatre ?

– Tu peux le tuer aussi si tu veux, mais je doute que le Dr. Kramer prendrait le risque de ruiner sa carrière en accusant une ménagère d'être un vampire si Cal n'est plus là pour appuyer ses déclarations.

– C'est en train de devenir n'importe quoi, je me massai les tempes et bus une nouvelle gorgée de sang. Il est bon. Tu l'as eu où ?

– Au même endroit que d'habitude. Les fans de vampires, tu sais. Je l'ai pris à emporter cette fois, voilà tout.

– Ils font ça ?

– Pour moi oui, un sourire malsain fendit ses lèvres.

– Mmh, je bus une nouvelle gorgée. Est-ce que toutes les villes ont des fast-foods pour vampires ?

– Toutes celles dans lesquelles j'ai vécu en tout cas.

– T'as déménagé combien de fois ?

Il s'enfonça dans le canapé, le regard braqué sur le plafond.

– Quatre cent soixante-quinze, non… soixante-seize fois.

– Putain de merde.

Il haussa les épaules.

– Les gens finissent par se rendre compte que tu ne vieillis pas au bout de quelques années, tu sais. Tu t'en rends compte, au moins ? Comment est-ce que tu vas expliquer à tes petits-enfants que leur mamie ne vieillit pas ?

Je fronçai les sourcils en croisant son regard.

– Je n'y ai jamais franchement pensé. Je me suis juste dit que je pourrais prendre quelques cours de maquillage pour apprendre à faire des fausses rides et tâches de vieillesse. Ou alors je pourrais engager quelqu'un pour me faire un masque synthétique et je le porterais quand je serai avec des gens.

– C'est un costume entier qu'il va te falloir pour éviter que ton cul ne ressemble à celui d'une minette.

Je souris. J'appréciais le compliment. Ressembler à une jeune femme de vingt-cinq ans alors que j'en avais déjà trente-cinq était l'un des rares avantages de ma nouvelle nature de vampire.

– Bref, je dois voir ce psychiatre demain. Il veut que je le retrouve à sept heures.

– N'y va pas, m'ordonna Khalan.

– Je suis bien obligée. J'ai l'impression qu'il ne me lâchera pas tant que je n'accepterai pas de le voir pour discuter. Et puis, il faut bien que je sache ce qu'il a sur moi.

– Non mais t'es folle ou quoi ? Tu vas forcément dire quelque chose qui lui mettra la puce à l'oreille et tu vas te retrouver mêlée à toute cette histoire. Tu sais que les procès ont lieu le jour, au moins ? Ils ne vont pas organiser l'audience de Cal de nuit rien que pour tes beaux yeux. Et laisse-moi te rappeler que tu es bien plus faible en journée.

– Je ne suis pas idiote, Khalan.

– Je n'ai jamais dit le contraire. Mais tu es émotive, et c'est quelque chose que tu dois apprendre à contrôler.

– Oui je sais, tu n'arrêtes pas de me le répéter, je bus une nouvelle gorgée et l'observai un instant au-dessus de mon verre de sang.

Cela faisait un moment maintenant qu'il avait assassiné sa Créatrice, Memphis. Le vampire avait kidnappé mes filles pour forcer Khalan à venir à elle. Lorsque je les avais retrouvés tous trois, Arianna et Gabby étaient allongées sur le lit de son bus de tournée, couvertes de sang. Et Khalan était cloué au mur, comme le Christ sur sa croix. Nous étions parvenus à nous enfuir, et Khalan avait tué sa Créatrice pour s'assurer qu'elle ne cherche pas à nous retrouver. Mais

Memphis m'avait tout raconté du passé de Khalan avant d'être tuée.

Khalan avait autrefois été un homme marié, sur le point de devenir père. J'avais été d'autant plus surprise d'apprendre qu'il avait été prêtre, à une époque.

Khalan plissa les yeux.

— Bon, tu la poses ta question ? Je déteste que tu me fixes en silence comme ça, grogna-t-il. Je répondis à son invitation en ignorant son ton tranchant et je me penchai vers lui.

— Alors t'as été marié ?

— Oui, me répondit-il d'une voix blanche.

— Donc tu n'as pas toujours détesté les gens. T'as quand même été prêtre, non ?

— C'est ce qu'on dit, oui.

Memphis m'avait raconté avoir transformé Khalan contre sa volonté lorsqu'il avait repoussé ses avances. La jeune femme avait apparemment été de ceux qui ne reculaient devant rien pour obtenir ce qu'ils désiraient, et cela qu'importe les conséquences de leurs actes. Et elle avait désiré Khalan. Elle s'était donc débarrassée de son épouse et de son enfant à naître pour mettre la main sur lui, et avait hypnotisé Khalan pour le forcer à les assassiner. Khalan avait ensuite vécu des siècles en portant le poids de sa culpabilité. Découvrir son passé m'avait permis de le comprendre un peu mieux. Il me semblait à présent presque logique qu'il soit plus à l'aise avec des animaux qu'avec des êtres humains.

Je posai mon verre sur la table basse et pris place à ses côtés. Je posai une main rassurante sur son épaule. Son regard s'attarda sur elle avant de retrouver le mien.

— Tu sais Khalan, c'est *elle* qui t'a fait faire ça. Tu ne devrais pas être forcé de t'en sentir coupable pour l'éternité. Ce n'était pas de ta faute.

Ses yeux s'assombrirent.

— Est-ce que tu comprends pourquoi je voulais que tu t'en

ailles maintenant ? Je ne voulais pas t'arracher à ta famille. J'essayais de les protéger, il détourna le regard. Tu aurais au moins la chance de voir tes enfants et petits-enfants grandir. Même si ce n'est que de loin.

Je m'éloignai, surprise.

– Je n'y avais jamais pensé de cette façon.

Lorsque je m'étais réveillée après avoir été transformée en vampire par Khalan, ce dernier avait insisté pour que j'abandonne ma famille afin de m'installer avec lui et ainsi apprendre comment survivre seule.

Mais en tant que mère, j'avais été incapable d'imaginer ma vie sans mes enfants. J'avais donc insisté pour continuer à vivre ici, à Charming dans le Mississippi, tout en prenant soin de mes filles.

– Tu sais que je ne ferais jamais de mal à mes enfants.

Il secoua la tête, un rire jaune sur les lèvres.

– Je pensais la même chose. J'étais certain d'aimer ma femme passionnément. Tellement que j'aurais été incapable de lever la main sur elle. Mais tu ne contrôles plus rien quand un Maître vampire te prive de ton libre-arbitre.

– Dans ce cas j'ai de la chance que ce soit toi, mon Maître.

– Tu ne sais pas de quoi je suis capable, Rachel. Et qu'est-ce que tu feras si un vampire plus puissant encore te forçait à t'en prendre à ta famille ?

La peur me serra la gorge.

– Parce que c'est possible ? Est-ce que quelqu'un d'autre que mon Créateur peut me contrôler ?

– Je ne sais pas. Ce que je sais, c'est que les rumeurs racontent qu'il existe des vampires bien plus puissants que Memphis. Des vampires qui existent depuis des milliers d'années.

– T'en as déjà vu un ?

– Non, mais je bouge pas mal et je ne fréquente pas d'autres vampires. Je reste dans mon coin.

Il se leva et alla jusqu'à la porte.

– Fais gaffe à toi, Rachel, dit-il par-dessus son épaule en sortant. Ne te fais pas avoir par ce psychiatre.

CHAPITRE SIX

J e passai la nuit à angoisser, redoutant déjà mon rendez-vous avec le psychiatre de Cal. Je tentai de joindre Carla, en vain. Je gardai un œil sur sa maison jusqu'aux premières heures du jour sans pourtant y voir la moindre lumière s'allumer. Je me demandai si elle avait quitté la ville, ou me fuyait simplement pour éviter d'avoir à répondre à mes questions.

Lorsque le jour se leva enfin, je me glissai dans ma voiture pour aller en ville alors que la nervosité me dévorait de l'intérieur. La dernière fois que j'avais vu Carla et Cal ensemble était lorsque j'étais passée lui rendre visite en prison après que Carla m'ait supplié de l'y accompagner. Je les avais tous deux convaincus que l'hypnose était une mauvaise idée en leur assurant que certains patients avaient prétendu avoir été enlevés par des extra-terrestres après une séance. En réalité, j'avais été terrifiée que le psychiatre mette des idées fausses dans la tête de Cal. J'avais aussi craint que Cal ne se souvienne du fait que j'avais bu son sang et n'aille révéler à tous que j'étais un vampire.

J'avais pensé les avoir convaincus de renoncer à l'hypnose.

Mais ils avaient apparemment changé d'avis.

Je m'engageai sur le parking de l'hôpital. Je ne connaissais pas ce Dr. Kramer et je devinai donc qu'il devait être nouveau en ville. En tant qu'ancienne épouse d'un médecin, je connaissais le moindre médecin à Charming.

Je récupérai mon sac à main et m'extirpai de ma voiture. Je portais de grosses lunettes de soleil ainsi que mon nouveau Fedora. Je ne pouvais plus me passer de chapeau à présent que j'étais devenue un vampire.

Le cliquetis de mes talons sur le bitume était presque assourdissant à mesure que j'avançais vers ma perte. Je pris une grande inspiration en poussant la porte du bâtiment.

– Je peux vous aider ? me demanda aussitôt la vieille secrétaire postée à l'entrée.

– Oui, je viens voir le Dr. Kramer, je retirai mes lunettes de soleil que je fourrai dans mon sac à main.

– Bien sûr, elle acquiesça. Il m'a prévenue qu'une certaine madame Jones devait passer tôt ce matin, elle se leva pour contourner son bureau. Suivez-moi.

Je lui emboîtai le pas et nous descendîmes un couloir avant de nous arrêter devant un bureau. Elle toqua doucement.

– Entrez, madame Wilson.

Elle sourit en ouvrant la porte.

– Madame Jones est arrivée, elle me fit signe d'entrer.

Je relevai la tête et me redressai, la posture confiante. Il était hors de question que je laisse quiconque m'intimider et me forcer à dire quelque chose qui me mettrait en danger.

– Madame Jones, me salua le Dr. Kramer, en se levant. Son physique était aussi désagréable que l'impression qu'il m'avait faite ; c'était un vieillard en surpoids avec des lèvres épaisses et disproportionnées. Je vous en prie, entrez. Je vous sers un café ?

Sa secrétaire attendit ma réponse.

– Non merci, rétorquai-je en lui souriant chaleureusement.

– Ah, vous n'aimez pas le café ? Vous préférez peut-être autre chose, suggéra-t-il en haussant un sourcil.

– J'adorerais une bonne tasse de thé si vous en avez, dis-je rapidement. Je ne voulais pas lui donner plus de munitions qu'il n'en avait déjà.

– Bien sûr. Madame Wilson, s'il vous plaît, dit-il en se tournant vers sa secrétaire.

– Tout de suite, répondit-elle avant de s'éclipser.

– Asseyez-vous je vous en prie, le Dr. Kramer pointa du doigt un siège en face de son bureau. Je m'y assis et posai mon sac à main sur mes genoux.

– On ne voit plus beaucoup de gens avec des chapeaux de nos jours, remarqua-t-il en regardant mon Fedora.

– Votre accent me laisse à penser que vous n'êtes pas de la région. Dans le cas contraire, vous sauriez que beaucoup de femmes du sud portent des chapeaux, je haussai les épaules en me forçant à sourire.

– Bien sûr, bien sûr, il acquiesça. Je ne voulais pas paraître impoli. Ça vous va très bien.

Je relevai la tête lorsque Madame Wilson nous rejoignit avec une tasse de thé fumante.

– Je vous ai apporté un sachet de sucre, mais nous n'avons plus de crème, ajouta-t-elle.

– Ce n'est rien, je n'en mets jamais dans mon thé de toute façon, je bus une gorgée et lui sourit. Il est délicieux.

Madame Wilson me répondit d'un sourire radieux avant de quitter la pièce en fermant la porte derrière elle.

Je bus une nouvelle gorgée de thé et posai la tasse sur le bureau.

– J'ignorais que nous avions un nouveau médecin à Charming. Je les connais presque tous, et je n'ai jamais entendu parler de vous auparavant, Dr. Kramer.

– C'est parce qu'on m'a appelé pour venir m'occuper du cas de Cal. Il semblerait que l'avocat de la défense et l'avocat général n'aient réussi à se mettre d'accord sur personne d'autre pour hypnotiser Cal et évaluer son état mental.

– Ah, donc vous avez déjà fait ça avant ? Je craignais qu'ils aient engagé le premier venu pour faire croire à Cal qu'il avait été kidnappé par des extra-terrestres.

Il croisa mon regard et éclata de rire en secouant la tête.

– C'est très drôle. Vous avez un sacré sens de l'humour, madame Jones.

– Il faut bien ça pour survivre en ce monde.

J'attendis une réponse, en vain.

– Bon alors, qu'est-ce que je peux faire pour vous ? demandai-je enfin pour parer au silence du médecin.

Il me lança un rapide sourire et s'enfonça dans son siège, les bras croisés sur son ventre rond.

– Oh je vous en prie, madame Jones. Nous savons tous deux que vous êtes mêlée à cette histoire plus que n'importe qui à Charming.

– Moi ? Que voulez-vous que je sache au sujet de ce type ?

Il se leva pour contourner son bureau et alla chercher un manuscrit posé sur une étagère avant de retourner s'asseoir. Le livre était ancien, son cuir durci et ses pages jaunies par le temps. Il y jeta un bref coup d'œil, puis il se tourna vers moi.

– Quel âge avez-vous, madame Jones ? Trente-deux ans ?

– Trente-cinq.

Il écarquilla les yeux.

– Incroyable. Je vous en donnerais à peine vingt-huit.

– Je vous remercie. Le médecin qui s'occupe de mes injections de Botox sera ravi de l'apprendre, dis-je en tentant de

rester polie. Ce livre a l'air très ancien. Qu'est-ce que c'est ?
Un ouvrage sur l'hypnose ?

– Non. Ce livre est unique vous savez, il l'ouvrit et le posa
sur son bureau avant de le faire lentement glisser vers moi en
pointant du doigt un paragraphe en bas de page.

– C'est un livre sur les légendes et la mythologie.

– Ah oui ? je récupérai ma tasse de thé et la portai à mes
lèvres pour en prendre une nouvelle gorgée, le liquide me
brûlant la gorge. Son regard était braqué sur ma main. Je
reposai doucement ma tasse pour examiner l'ouvrage.

– C'est fascinant. Et de quel genre de créatures s'agit-il ?
De fées et de gobelins ?

– Non, de loups-garous et de vampires.

Mon estomac se noua et je baissai la tête. Je le sentis me
scruter alors que j'entamais ma lecture. Il attendait une
réaction.

Je fis courir mon regard sur la page et examinai chaque
mot avec attention. Je dus me faire violence pour rester
parfaitement impassible en réalisant de quoi traitait le
passage qu'il m'avait montré.

*Les vampires et autres créatures mythiques de l'histoire
américaine.*

Je redoublai d'efforts pour dissimuler mon trouble.

– Dr. Kramer, je ne suis pas certaine de comprendre ce
que tout ça a à voir avec Cal. Vous n'allez tout de même pas
me dire que c'est un loup-garou quand même, si ? demandai-
je d'un air confus.

Il rit.

– Bien sûr que non, madame Jones. Je ne pense pas que
Cal ferait un bon loup-garou. Il est trop faible.

– Pardon ?

– Oh je vous en prie, madame Jones. Un médecin qui
croit en la science peut aussi croire au paranormal.

Ma gorge se serra sous le coup de la peur. Je n'avais

soudain plus aucune envie d'avoir cette conversation. Je jetai un coup d'œil à ma montre et pris un air blasé.

– Ça vous dérangerait de m'expliquer ce que vous voulez ? Je n'ai pas de temps à perdre avec ces âneries.

– Comme vous voudrez. J'apprécie votre franc-parler. Je vais donc aller *droit au but*. Cal s'est souvenu vous avoir vue la nuit du meurtre, et à une autre reprise plus tard. La première fois la nuit du meurtre, et la deuxième fois *après* le meurtre. Mais je ne sais pas franchement ce que je dois croire et ce qui relève du domaine des affabulations. Alors dites-moi, madame Jones, avez-vous vu Cal le soir du meurtre ?

– Non, j'étais avec mon ex-mari ce soir-là. C'était son anniversaire, et j'avais prévu une surprise pour lui.

– Donc vous n'avez pas vu Cal ce soir-là ?

– Comme je vous l'ai dit, c'était l'anniversaire de mon ex-mari et il a neigé toute la nuit. Il aurait fallu être fou pour sortir par un temps pareil.

– Bon, et comment expliquez-vous qu'il ait mentionné votre nom lorsque je lui ai parlé du meurtre sous hypnose ? Il n'arrêtait pas de le répéter et de parler de sang. Pourquoi dirait-il cela, selon vous ?

Une vague de nausée me traversa, mais je refusai de perdre mon calme.

– L'hypnose a toujours eu mauvaise réputation, vous savez. J'ignore pourquoi Cal vous a dit de telles choses mais ce que je sais, c'est que l'hypnose n'est pas franchement fiable.

– Parce que certains sont allés raconter qu'ils avaient été enlevés par des petits hommes verts après une séance, c'est ça ? il se redressa, le regard noir. Madame Jones, je suis sérieux. Et je ferai tout ce qui est en mon pouvoir pour faire innocenter mon client.

– Même s'il a vraiment commis un meurtre ?

Je savais que Cal avait bien assassiné cette pauvre fille.

Il croisa les bras en plongeant son regard dans le mien.

– Je ne reculerai pas. D'autant que j'ai de quoi prouver qu'on l'a forcé à commettre ce meurtre.

Il tourna les pages du livre et s'arrêta sur une illustration qu'il me montra.

– Il semblerait que certaines créatures puissantes puissent en forcer d'autres à commettre l'impensable.

Je regardai le dessin, une image de vampire en train de mordre un humain. Ses crocs étaient couverts de sang, et ses yeux rouges.

Mon cœur manqua un battement. J'ignorais quoi faire. Le Dr. Kramer avait visiblement compris que j'étais un vampire, ou tout du moins il le suspectait. Comment allais-je pouvoir me sortir de ce guêpier ?

– Avant que vous ne répondiez, laissez-moi vous dire une bonne chose, Rachel… J'ai bien l'intention de prouver au monde entier qui vous êtes vraiment, et il est hors de question que je baisse les bras avant d'y être arrivé.

CHAPITRE sept

Le Dr. Kramer me laissa seule après m'avoir mise face à ses doutes quant à ma véritable nature. Je me hâtai de récupérer mes affaires pour retourner à ma voiture. J'ignorais quoi faire. J'étais exténuée, et terrifiée. Plus important encore, il fallait absolument que je parle à Khalan.

Mais il allait falloir que j'attende la nuit pour ça.

Je me contentai donc de rentrer chez moi et me mis au lit et parvins enfin à m'endormir.

Mon angoisse était étouffante lorsque je me réveillai ce soir-là.

Je me rendis à la salle de bain et pris place en face du miroir, les yeux fermés tandis que je me concentrais sur

Khalan. Je le savais apte à sentir mes émotions. Il comprendrait que j'avais besoin de lui.

La sonnette retentit.

Je courus à la porte, encore habillée de mon pantalon de jogging et débardeur.

– Coucou ma belle, j'espère que je ne te dérange pas, me dit Gina en souriant lorsque je lui ouvris la porte.

Elle se glissa à l'intérieur avant même que je ne puisse lui répondre. Je balayai mon jardin du regard à la recherche de Khalan, en vain. Il n'était pas là, pas même caché derrière un arbre.

Je fermai la porte et suivis mon amie au salon.

Elle se laissa tomber sur le canapé.

– Tu ne m'avais pas dit que tu passais. Je te sers un verre de vin ?

– Non, je m'entraîne pour un marathon et il faut encore que je perde quelques kilos. Par contre je ne dirais pas non à une bonne tasse de thé.

– Bien sûr, j'allai à la cuisine et récupérai deux sachets de thé vert que je fourrai dans des tasses. J'allumai la théière électrique. L'eau se mit à bouillir en moins d'une minute. Je versai l'eau chaude sur les sachets de thé et amenai les tasses au salon. J'en tendis une à Gina, un sourire aux lèvres.

– Il va falloir te couper un bras si tu veux vraiment perdre du poids. T'as déjà la peau sur les os.

– C'est ce que mon mari n'arrête pas de me dire, elle jeta un coup d'œil à sa montre et elle acquiesça. J'ai bien fait de venir à pied. J'avais encore quelques pas à faire pour atteindre mon objectif de la journée.

Je pris place à côté d'elle sur le canapé et bus une gorgée de thé.

– Alors, qu'est-ce qu'il y a ?

Gina posa sa tasse sur la table basse pour tirer des documents de son sac à main, ainsi qu'un stylo.

– Je t'ai apporté le formulaire d'inscription à la soirée pour célibataires de mon entreprise. Je voulais être sûre que tu viendrais. La compétition va être rude alors je vais t'aider à remplir tout ça.

Je me mordillai la lèvre inférieure.

– J'avais complètement oublié. Tu sais Gina, je suis pas mal occupée ces derniers temps.

– Oui, je sais. C'est bien pour ça que je suis venue te donner un coup de main, elle me lança un regard en coin. Et c'est aussi pour ça que je vais t'aider à gonfler ta candidature. Tu veux pas avoir l'air désespérée quand même, si ?

– Pourquoi j'aurais l'air désespérée ? Mais tu sais, je ne suis plus franchement certaine de vouloir participer à cette soirée. Je n'ai pas envie de me plier en quatre pour plaire à un homme.

– Je me doutais bien que tu allais essayer d'annuler, elle sourit. Bon, et si on commençait par les bases ?

Gina me lança un regard appuyé, me mettant au défi de la contredire. J'étouffai un soupir.

– J'ai déjà rempli ton nom et ton âge. Il va aussi me falloir une photo pour l'inscription.

– Pour quoi faire ? Ce n'est pas un concours de beauté, si ?

– Non, bien sûr, mais ça aide toujours d'avoir une photo. Et puis qui sait, tu vas peut-être trouver ton âme sœur pendant la soirée.

– Je ne sais pas, Gina. Je ne pense pas avoir d'âme sœur.

Je m'enfonçai dans le canapé, le regard braqué sur le plafond.

– Écoute, je sais que c'est un peu difficile en ce moment avec Miles qui a une copine et tout. Je ne te dis pas d'épouser un de ces types, juste de te laisser une chance de rencontrer quelqu'un. Il n'y a pas de mal à ça quand même, si ?

Cette soirée pourrait au moins avoir le mérite de me faire oublier Cal.

– Bon, très bien. Qu'est-ce que je dois remplir ?

Gina me lança un sourire radieux.

– On va trop s'amuser, tu vas voir.

Mon amie me fit subir un véritable interrogatoire pendant les trente prochaines minutes, et nous terminâmes de remplir le formulaire ensemble, dans l'espoir que cela me permettrait peut-être de trouver un peu de bonheur.

CHAPITRE SEPT

– C'est quoi ce truc ? me demanda Khalan en me mettant une feuille sous le nez. Il s'était glissé dans la maison alors que je prenais mon bain.

– Tu veux bien sortir pendant que je m'habille ? ronchonnai-je. J'avais tenté de me couvrir à l'aide d'une serviette qui traînait non loin de là, mais elle était à présent trempée.

– Réponds, insista-t-il, le regard accusateur.

Je regardai le document qu'il me montrait.

– Ah, c'est le machin de la soirée de rencontres que Gina m'a fait remplir, j'écarquillai les yeux. Ils m'ont quand même pas mise sur leur site internet, si ?

– Si. Il y a toute une liste des personnes inscrites à ta soirée pour désespérés, et tu es la tête d'affiche de la grande soirée caritative *Paires d'As et de Huit*, ajouta-t-il d'un ton sarcastique.

– *Paires d'As et de Huit*. C'est plutôt bien trouvé, soupirai-je. J'espère juste qu'ils ne s'attendent pas à ce que je dépense des cents et des mille pendant la soirée.

Je ne manquais pas d'argent, bien sûr. J'étais d'ailleurs ressortie gagnante de mon divorce, et mon travail de photographe payait bien. Mais je n'avais jamais été du genre à gaspiller mon argent. Et c'était d'autant plus vrai à présent que je devais subvenir seule à mes besoins ainsi qu'à ceux de mes filles. Sans parler du fait que le gouvernement ne proposait encore aucune pension de retraite pour vampires. Il me fallait économiser tant que je pouvais.

— T'es pas sérieuse quand même, si ?

Il me fusillait du regard.

— Pourquoi ? Je voulais faire plaisir à Gina. C'est pour une bonne cause, en plus. Je suis pas à la recherche de l'âme sœur, je te rassure. C'est rien de sérieux.

Il éclata de rire en secouant la tête.

— Ça c'est bien vrai. C'est n'importe quoi cette soirée, il tourna les talons pour aller récupérer une serviette sèche dans le placard qu'il me jeta.

Je la rattrapai au vol.

— Attends, qu'est-ce que tu veux dire ? Pourquoi ce serait n'importe quoi ?

Il était déjà parti et je m'extirpai de la baignoire à la hâte en enroulant la serviette autour de ma poitrine.

Je me dépêchai d'aller le rejoindre et le trouvai affalé sur mon canapé, la télécommande de la télévision en main.

— Qu'est-ce que tu veux dire ? je resserrai la serviette et je croisai les bras en attendant une réponse.

Il me lança un regard agacé.

— De quoi tu parles ?

— Qu'est-ce qui te fait dire que c'est n'importe quoi cette soirée ? je plissai les yeux.

— T'es sérieuse ? C'est rien qu'une réunion de divorcés en manque qui cherchent un plan cul. J'ai vu leur site. Ce sont tous des vieux désespérés.

Je serrai les poings en me pinçant les lèvres.

— Est-ce que tu me traites de vieille ?

– T'as trente-cinq ans. T'es pas franchement le poulet le plus frais du rayon.

– Ouais et ben je suis plutôt pas mal pour mon âge, rétorquai-je.

– Parce que t'es un vampire.

– Et moi je pense que c'est une très bonne idée, cet événement. C'est une soirée réservée à des adultes responsables à la recherche d'un peu de compagnie, dis-je en relevant le menton.

Il éclata de rire. Khalan ne riait jamais.

Qu'est-ce qu'il m'agaçait.

– Je me fiche de ce que tu penses, tu sais.

– Je m'en doute. Par contre le fait que ton mari ait une nouvelle petite copine a l'air de te travailler.

– Comment tu sais ça ?

– Je sais toujours tout, nous échangeâmes un regard qui m'arracha une vague de chaleur.

J'avais longtemps détesté mon Créateur. Ce sentiment avait d'ailleurs été réciproque, mais cela ne m'avait pourtant pas empêché de lui tomber dans les bras plus souvent que je n'aurais voulu l'admettre.

Notre relation n'avait rien de sexuel, quoi que l'attirance qui brûlait entre nous était indéniable.

– Tu vas y aller ? il croisa les bras en m'observant.

Son regard s'attarda sur ma poitrine, ses pupilles se dilatant. Sa réaction me surprit autant qu'elle me flatta.

– Je suis seule depuis un moment. Je pense qu'il est temps que je me remette à sortir un peu.

Il se leva pour me rejoindre, et s'arrêta à quelques centimètres de moi à peine. Je le fixai en tentant de dompter ma respiration affolée.

– C'est une erreur, grogna-t-il.

– Pourquoi est-ce que je ne pourrais pas fréquenter un

homme ? Sortir dîner une fois de temps en temps ? Avoir des conversations stimulantes ? Qu'est-ce qu'il y a de mal à ça ?

– Tu as déjà tout ça, rétorqua-t-il. On se nourrit ensemble. Je t'écoute te plaindre de ta vie. On parle des films débiles que tu regardes.

– T'es vraiment un con.

Il tourna les talons pour rejoindre la porte d'entrée.

Une partie de moi fut déçue qu'il ne reste pas. Mais il était ainsi.

J'avais même oublié de lui parler de ma rencontre avec le psychiatre.

Je serrai les poings en grognant. Ce que les hommes pouvaient être agaçants, parfois.

D'autant plus lorsqu'il s'agissait de vampires.

CHAPITRE HUIT

Je me rendis chez Carla ce soir-là, peu après le départ de Khalan.

Il fallait que je découvre pourquoi elle avait autorisé Cal à être hypnotisé, et ce qu'elle savait à mon sujet.

Je frappai à sa porte et sonnai à plusieurs reprises, en vain. Je plaquai les mains contre une fenêtre pour jeter un coup d'œil à l'intérieur.

Je n'y vis pas le moindre mouvement.

Enfin, la porte s'ouvrit et Carla m'interpella, l'air troublé.

– Rachel ? Qu'est-ce que tu fais là ?

– Carla ? Je peux entrer ? je penchai la tête en observant ma voisine.

– Bien sûr, elle se décala et je me glissai à l'intérieur en balayant son salon du regard.

Ma voisine avait toujours été très maniaque, mais sa maison était devenue une véritable porcherie depuis l'arrestation de Cal.

– Qu'est-ce que tu veux, Rachel ?

– Je ne t'avais plus vue depuis un moment, du coup j'ai voulu passer voir comment ça allait, j'inspectai la pièce, remarquant les piles de magazines, les journaux et les assiettes sales disséminés çà et là. Mais à en juger par l'état de ta maison, on dirait que ça ne va pas fort.

Je ramassai une pile de magazines posés sur le canapé que je posai par terre avant de m'asseoir.

– Non ça va, dit-elle.

Je lui fis signe de prendre place à mes côtés.

– Tu n'en as pas l'air, Carla. T'as vu Cal ces derniers temps ?

– La semaine dernière, répondit-elle en joignant les mains sur ses genoux. Rachel, il faut que je te dise quelque chose.

– Quoi ? je me penchai vers elle, curieuse.

– L'avocat de Cal a décidé d'autoriser l'hypnose, elle secoua la tête. Cal était si furieux en apprenant la nouvelle qu'ils ont dû lui donner un calmant.

– Et c'est légal, ça ? dis-je, les yeux écarquillés. Ils ont le droit de le forcer à se faire hypnotiser ?

– Apparemment, oui. L'avocat dit qu'il y a de grandes chances pour que ça aide Cal, elle me regarda. Tu sais qu'il risque d'être condamné à mort s'il est reconnu coupable ?

– Quoi ? demandai-je d'un ton incrédule.

– Ouais, c'est pour ça qu'ils veulent l'hypnotiser. Ils espèrent qu'ils se souviendra de détails concernant ce qui s'est passé la nuit du meurtre.

Un lourd silence emplit l'air.

– Le Dr. Kramer m'a dit qu'il t'avait demandé de passer le voir, reprit Carla en se tournant vers moi. Son expression était indéchiffrable tant elle était calme et stoïque. Elle ne ressemblait en rien à une épouse dont le mari avait été accusé de meurtre et risquait la peine de mort.

– Il pensait que j'avais peut être vu Cal le soir de la tempête, je secouai la tête. Mais je lui ai dit que j'étais à la maison. C'était l'anniversaire de Miles et il neigeait, dis-je dans un petit sourire désolé.

– La tempête. La nuit où ma vie a volé en éclats, ajouta-t-elle d'une voix blanche.

– Carla, est-ce que t'as bu ?

– Non, j'ai pris du Valium. Ça m'aide à supporter la journée. Surtout quand je vais au supermarché. Je ne peux même plus sortir de ma voiture sans que quelqu'un m'interpelle pour me poser des questions au sujet de Cal, elle haussa les épaules.

– Tu ne devrais pas conduire quand t'as pris ce genre de trucs.

– Ce n'est pas comme si je pouvais demander à quelqu'un d'aller faire les courses pour moi, elle se leva, le regard braqué sur la baie vitrée qui donnait sur son jardin. Tu sais que j'ai dû vendre la caravane ?

– Ah bon ? Cal et Carla avaient pour habitude de partir explorer les environs à bord de leur caravane tous les printemps. Ils se rendaient à Yellowstone chaque année. Carla m'avait autrefois confié qu'une fois que Cal aurait pris sa retraite, ils s'installeraient dans leur caravane pour de bon.

Mais tous ses rêves avait été détruit par son crime.

– Je suis désolée.

– Ne le sois pas. C'était l'idée de Cal, cette caravane. Il adorait camper, elle plongea son regard embué par le Valium dans le mien. Tu sais qu'il ne m'a même jamais emmenée dans un bel hôtel avec spa ? J'avais toujours rêvé de ce genre de vacances. Je déteste le camping, avec les ours qui essaient de rentrer dans la caravane pour trouver de la bouffe.

– C'est vraiment arrivé ?

– Une fois, quand Cal avait laissé les poubelles dehors, elle secoua la tête. Je lui disais de ne pas laisser la nourriture traîner pourtant. Mais il oubliait toujours la poubelle dehors.

Il disait que ça lui sortait de l'esprit. Mon œil, oui. Il était juste trop paresseux pour aller la jeter dans les containers.

– Je ne sais pas, Carla. Miles était plutôt tête en l'air quand j'étais mariée avec lui.

Elle se tourna vers moi brusquement, le regard noir.

– Non, les hommes n'oublient pas. Pas quand ça leur importe. Ils n'oublient que ce dont ils se fichent.

J'eus l'impression qu'elle parlait de bien plus qu'une simple poubelle oubliée.

– Tu penses que la caravane va te manquer ? Vous partiez quand même en voyage tous les ans.

– Non, pas le moins du monde. D'ailleurs, je suis déjà en train de prévoir mes prochaines vacances, elle écarquilla les yeux en tapotant sa tempe. J'ai tout prévu là-dedans.

Je commençais à m'inquiéter pour ma voisine. Elle me semblait être en train de perdre la tête. Ou peut-être se droguait-elle ? Je l'ignorais, mais je me sentis terriblement désolée pour elle. Après tout, je n'avais même jamais vu Carla ivre avant la soirée du club de lecture à laquelle elle avait participé chez moi.

– Ah, et tu veux aller où ?

– Je veux aller à New York à Noël pour voir les décorations. Je veux faire du patin à glace et boire du chocolat chaud. Je veux voir une pièce à Broadway et manger dans un restaurant hors de prix. Je veux louer une voiture et conduire jusque dans le Vermont pour m'arrêter dans une auberge pendant une semaine, et passer mon temps à lire et à regarder la neige tomber à travers la fenêtre. Je veux aller quelque part où personne ne me connaît ni ne sait ce que mon mari a fait. Je veux recommencer à zéro et être quelqu'un d'autre, elle pencha la tête. Rachel, tu penses que je suis trop vieille pour me construire une nouvelle vie ?

– Bien sûr que non, ma belle. Tu peux repartir à zéro à

n'importe quel âge, je déglutis. Ma vie elle-même avait beaucoup changé depuis que j'étais devenue un vampire.

Un sourire rapide traversa ses lèvres.

– Bien, c'est très bien. J'imagine qu'il va falloir que j'attende le procès de Cal. Je pourrai me remettre à vivre une fois que ce sera passé.

Un frisson me traversa. Je commençais à redouter la direction que prenait cette discussion.

– Bon et bien je vais y aller, dis-je en me levant.

Carla me lança un regard désintéressé.

– D'accord. Merci d'être passée.

Je rejoignis la porte seule et me hâtai de regagner ma maison. Une fois chez moi, je verrouillai la porte dans un soupir. Carla ne m'avait été d'aucune aide. J'allais devoir affronter le Dr. Kramer seule.

La routine pour un vampire.

CHAPITRE NEUF

Il était près de deux heures du matin ce vendredi-là lorsque je retrouvai Khalan sur un parking de la ville pour aller nous nourrir.

Il ne dit pas le moindre mot alors que je me glissai hors de ma Volvo habillée d'un jean noir, de bottes et d'une chemise grise. Il se contenta uniquement de hausser un sourcil.

– Salut.

– C'est ça, répondit-il dans un grognement.

Je levai les yeux au ciel.

– Toujours aussi agréable, répondis-je, quoi que je m'en moquais. J'avais faim et je n'avais pas la moindre minute à perdre avec lui.

– Écoute, Charogne…

– Ah, donc on en est revenus là ? dis-je en me plantant devant lui.

– Revenus à quoi ?

– À toi qui me déteste et me méprise. Tu n'arrives même pas à discuter avec moi sans m'insulter, l'accusai-je, le regard noir. C'est pour ça que je veux tant aller à cette soirée pour célibataires idiote. Pour discuter tranquillement avec un adulte sans être traitée comme une débile finie.

– Je ne te traite pas comme une débile, dit-il.

Je croisai les bras en le fixant.

– Tu fais quoi ? il plissa les yeux.

– J'attends que tu me lances une pique. Que tu m'insultes, me rabaisses et me rappelles combien je suis pathétique. Combien je suis faible et…

Il fit un pas vers moi et plaqua une main sur ma bouche.

– Je n'ai jamais dit que tu étais pathétique.

Mes lèvres s'embrasèrent presque sous son toucher. Je détestais la façon dont mon corps réagissait à sa proximité. J'avais la désagréable impression d'être incapable de contrôler mes émotions en sa présence.

Je pris sa main et l'écartai brusquement.

– En fait si.

– Quand ça ?

– Quand tu m'as transformée.

– Ça ne compte pas, il haussa les épaules.

Je soupirai.

– Je n'ai pas envie de parler de ça maintenant. J'ai d'autres choses en tête.

– Comme quoi ?

– Comme ce stupide Dr. Kramer qui m'a forcée à aller le voir. Je suis presque sûre qu'il sait que je suis un vampire, je secouai la tête en me mettant en marche. Ou une autre des créatures de son livre.

– De quel livre est-ce que tu parles ? Khalan m'agrippa le bras pour m'arrêter. Et pourquoi tu ne m'en as pas parlé avant ?

Je me tournai pour le fusiller du regard et le repoussai.

– Parce que je ne peux jamais te joindre, je fronçai les sourcils. Il faut vraiment que tu t'achètes un portable.

– Jamais, il grogna puis il croisa les bras en attendant que je termine mon histoire. Dis-moi ce qui s'est passé.

– Il a hypnotisé Cal, contre sa volonté. Son avocat a insisté en pensant que ça l'aiderait à se souvenir de ce qui s'est passé ce soir-là.

– Quelle bande de cons, soupira Khalan. C'est illégal.

– C'est exactement ce que j'ai dit. Mais ils se fichent des lois, apparemment.

– Bon et qu'est-ce qu'il a dit, ce docteur ?

– Il a dit que Cal n'arrêtait pas de dire mon nom lorsqu'il l'a hypnotisé.

– Mais tu n'étais pas avec lui la nuit du meurtre, si ? C'est la nuit où je t'ai transformée.

– En fait, si. Plus ou moins. J'ai bien vu Cal quitter sa maison. J'étais dans tous mes états après avoir surpris Nikki au lit avec Miles, tellement que j'en ai même oublié de m'habiller. Et comme Cal m'avait vue comme ça, je l'ai hypnotisé pour qu'il oublie la nuit de la tempête.

Khalan me fixa longuement, les sourcils froncés.

– Je ne voulais pas qu'il aille raconter aux gens qu'ils m'avait vue m'enfuir de chez moi à moitié nue au beau milieu de la nuit.

– Je t'avais pourtant dit que tu n'étais pas prête à hypnotiser un humain.

– Je sais, je sais. Mais j'étais vraiment désespérée.

Il ne se départit pas de son air agacé.

– Enfin bref, le Dr. Kramer m'a montré un livre sur les créatures mythologiques qui parlait de vampires, de loups-garous et de fées. Selon lui, Cal aurait été forcé à tuer cette fille.

Khalan fit un pas vers moi.

– Forcé ? Il a utilisé ce mot ?

– Oui. Mais c'est la même chose que d'être hypnotisé, non ?

Khalan ne me répondit pas.

– Enfin bref, maintenant je ne sais plus quoi faire.

– Il ne doit pas en savoir beaucoup s'il ne t'a pas parlé de ton excursion à moitié nue la nuit du meurtre. À mon avis, il essaie de te pousser dans tes retranchements. S'il pense que tu es coupable, il va te mettre la pression jusqu'à ce que tu craques et que tu avoues.

– Avouer quoi ? Je n'ai rien fait !, dis-je en croisant les bras.

– Je le sais, mais lui non, il secoua la tête. Je vais faire quelques recherches sur ce docteur.

– Et qu'est-ce que je fais en attendant ? je me tournai vers lui.

– En attendant, on va aller se nourrir, dit-il en prenant la direction du salon de tatouage.

La clochette pendue au-dessus de la porte tinta lorsque Khalan l'ouvrit, et l'homme posté au comptoir releva le nez de la BD qu'il était en train de lire.

– Désolé, on est fermé.

Khalan alla jusqu'au comptoir par-dessus lequel il se pencha. Il murmura quelque chose à l'oreille de l'employé dont les yeux s'embuèrent tandis qu'un filet de bave lui coulait des lèvres.

Khalan se tourna et me fit signe de la main. Je le suivis au bout du couloir et à travers la porte menant à l'allée derrière le bâtiment.

J'avais longtemps trouvé agaçant de devoir faire autant de détours pour aller me nourrir, mais Khalan m'avait assuré qu'il s'agissait là du seul moyen d'être sûr qu'il n'était pas suivi. Ces précautions ne me semblaient plus aussi superflues à présent que le Dr. Kramer suspectait ma nature véritable.

Je remarquai une silhouette dans les ombres.

Je me tournai vers Khalan.

– Blayze est bien plus gros que ça.

– Effectivement. Blayze et moi avons eu un léger désaccord.

– Alors il ne travaille plus ici ?

– Oh, si. Disons juste qu'il a été rétrogradé, Khalan me lança un sourire en continuant à marcher.

– Khalan, Rachel, Jennifer nous salua d'un sourire.

– Salut. Je ne m'attendais pas à te voir ici.

Je n'avais rencontré Jennifer qu'une seule fois par le passé, à l'occasion de laquelle elle m'avait raconté que Blayze dépouillait les membres de son petit fan club qui souhaitaient s'offrir à un vampire. Tous étaient convaincus de participer à jeu de rôles grandeur nature réservé aux fans de vampires. Ils ignoraient cependant que les vampires existaient vraiment. Une fois repus, Khalan et moi les hypnotisions pour qu'ils oublient que nous avions bu leur sang.

– Khalan m'a offert de remplacer Blayze, son sourire s'agrandit.

– Félicitations, j'étais sincère. Je détestais voir quelqu'un se faire utiliser.

– Merci, elle ouvrit la porte. Je vous ai réservé quelqu'un de spécial pour ce soir.

Khalan me laissa entrer en premier avant de me suivre.

Je fus surprise par la vision qui m'accueillit. La fumée artificielle avait disparu, l'éclairage rougeâtre ayant été remplacé par des lumières blanches tamisées qui donnaient à la pièce une atmosphère romantique. Des bougies brûlaient sur les tables accompagnées de petits bouquets de roses rouges en vase.

– C'est très joli, dis-je en me tournant vers Jennifer.

– Merci. Je me suis inspirée des suggestions de Khalan. Je veux que les personnes qui viennent ici puissent avoir une véritable expérience vampirique, pas une version de jeu-vidéo, elle alla discuter avec un jeune homme au bar.

– C'est toi qui lui as dit de faire tout ça ? demandai-je à Khalan en lui donnant un coup de coude.

– Je n'ai fait que lui suggérer quelques idées, dit-il en haussant les épaules.

– Je rigolais. C'est vraiment sympa. J'ignorais que tu avais du style. Et un côté romantique.

– Tant mieux, parce que je n'ai franchement rien de romantique, grogna-t-il.

– Et pas non plus de style, ajoutai-je avec un grand sourire.

Jennifer nous rejoignit avant que mon Créateur ne puisse me lancer une réponse sarcastique.

– Je vous ai réservé une table. Suivez-moi, elle nous fit asseoir dans un coin sombre du bâtiment et se tourna pour faire signe au jeune homme avec lequel elle avait discuté au bar. Il devait avoir la vingtaine et portait un jean et un sweat un capuche. Ses cheveux étaient trop longs à mon goût, mais les traits de son visage étaient fins, comme ceux d'un mannequin. Il enfouit les mains dans les poches de son jean et vint vers nous, l'air sombre.

– Khalan, Rachel, voici Nick.

– Bonsoir, son regard s'attarda un instant sur moi, puis sur Khalan.

– Salut, Nick, je lui tendis la main. Il fronça les sourcils avant de la serrer.

Khalan resta silencieux.

– Je vais vous laisser avec votre invité, Jennifer sourit avant de s'éloigner.

– Les dames d'abord.

Je m'écartai pour laisser Nick prendre place entre Khalan et moi.

Les battements de mon cœur s'affolèrent en sachant ce qui était sur le point de se produire.

Khalan plongea son regard dans celui de Nick.

– Tout ça n'est qu'un jeu. Quand tu te réveilleras demain matin, tu auras tout oublié de cette soirée.

Les yeux de Nick s'embuèrent, et il s'enfonça dans son siège, appuyant la tête contre le dossier.

Khalan se tourna vers moi pour m'intimer à le mordre en premier. Je m'humectai les lèvres, l'estomac noué par la soif de sang. Je posai les lèvres sur le cou de Nick et le mordis. Un goût cuivré emplit aussitôt ma bouche. Je soupirai de plaisir en buvant avec envie.

Khalan m'imita bientôt, sa main posée sur mon cou alors qu'il festoyait.

Une vague de désir me traversa en réponse aux douces caresses de son pouce sur ma peau.

J'ignorais pendant combien de temps je bus, mais Khalan me murmura bientôt à l'oreille :

– Ça suffit, Rachel.

Sa voix profonde me fit désirer autre chose que du sang.

Je pris son visage en coupe et écrasai mes lèvres contre les siennes. Je l'embrassai avec ardeur, ma langue menant une danse endiablée avec la sienne. J'en voulais encore plus.

Je me penchai au-dessus de Nick dont l'esprit semblait à présent être ailleurs et m'assis à califourchon sur les genoux de Khalan sans jamais quitter ses lèvres. Je me pressai contre son érection et aspirai sa langue dans ma bouche.

Il grogna en s'agrippant à mes hanches. Je glissai une main entre nos deux corps et me débattis avec le bouton de son jean.

– Rachel, intervint Khalan en s'éloignant.

J'embrassai et léchai son cou.

– Rachel, sa voix rocailleuse m'arracha un nouveau frisson. Je parvins à défaire son bouton et défis sa braguette.

– Rachel !

Je fus soudain projetée dans les airs et j'atterris violemment sur le dos au beau milieu de la pièce.

Je me redressai sur mes coudes. Khalan était debout à quelques mètres de là, son jean ouvert mais autrement intact. Son regard noir était braqué sur moi tandis que son expression laissait transparaître une haine profonde.

Je me sentis rougir de honte et je me relevai rapidement. Khalan me rejoignit bientôt.

– Tu n'aurais pas dû faire ça.

– Sans déconner, je lui frappai le torse. Il ne sourcilla même pas. C'est exactement ce que je te disais. C'est pour ça qu'il faut que j'aille à cette soirée pour célibataires. Il me faut quelqu'un à qui parler. Une personne avec laquelle je pourrais…

– Baiser ? me siffla-t-il.

Je relevai le menton. Ce mot était vulgaire, mais il avait raison.

– Ouais, quelqu'un avec qui je pourrais baiser.

Je tournai les talons en direction de la porte. Ce ne fut qu'une fois dehors que je réalisai que Khalan ne m'avait pas suivie.

Probablement pour se nourrir de quelqu'un d'autre. Une femme, sans doute.

Je serrai les poings et me hâtai de rejoindre ma voiture. J'irais à cette soirée pour célibataires et j'étais bien déterminée à y trouver quelqu'un.

Même si ce n'était que pour un soir.

CHAPITRE DIX

– Tu as déjà décidé quoi mettre ? Gabby me regarda en croquant dans sa pomme tandis que je préparais le dîner.

– J'hésite encore. Et pourquoi pas cette jolie robe noire que j'adore ?

– Non, ça il en est hors de question, intervint Arianna en entrant dans la cuisine.

Je me tournai vers elle au-dessus de ma poêle.

– Je croyais que t'aimais bien cette robe.

– Oui maman, mais c'est une soirée galante. Tu vas peut-être y rencontrer quelqu'un de bien, l'homme avec lequel tu resteras pour toujours.

– J'en doute, marmonnai-je.

Adrianna me répondit d'un regard noir.

Je secouai la tête.

– Tu en espères trop, riai-je. Ma chérie, ce n'est qu'une soirée, rien de sérieux. Une simple opportunité de rencontrer d'autres célibataires avec lesquels discuter et peut être sortir dîner. Je ne suis pas à la recherche de l'âme sœur.

– Ça c'est ce que tu dis maintenant, mais on ne sait jamais. C'est peut-être ta chance de retomber amoureuse. Les choses sont en train de s'arranger en ce moment alors qui sait, c'est peut-être le destin. Tu vas peut être même trouver l'homme de tes rêves.

Arianna croisa les bras en me regardant.

Je tentai de contenir un éclat de rire, en vain.

— C'est très gentil de ta part, mais je n'ai jamais cru au coup de foudre.

— Moi non plus, ajouta Gabby entre deux bouchées de pomme.

Je retournai à la préparation du dîner et coupai des pommes de terre que je fis sauter dans de l'huile.

— Et si tu sortais avec le sorcier ? demanda Gabby.

— Tu ne veux quand même pas la maquer avec un terroriste, si ? contra Arianna en se tournant vers moi, l'air médusé.

— Alors déjà, ce n'est ni un sorcier, ni un terroriste. C'est un jardinier, et je n'ai fait appel à lui qu'une seule fois.

— Il avait pourtant l'air de bien t'aimer, genre de façon magique, Gabby pencha la tête en me fixant.

— Mais où est-ce que tu es allée chercher cette idée ? répondis-je, les yeux écarquillés.

— Il t'a quand même portée jusqu'à ta chambre maman, dit Gabby en haussant un sourcil.

— Uniquement parce que je ne me sentais pas bien à cause de…

— La dispute que tu avais eue avec papa, termina Arianna.

— Je vous ai déjà dit que je m'étais évanouie parce que je n'avais rien mangé ce jour-là.

Je ne précisai cependant pas que j'avais été affamée après m'être privée de sang trop longtemps.

— Enfin bref, on n'a toujours pas décidé ce que tu allais porter pour ta soirée.

— Bon et qu'est-ce que vous aimeriez que je mette exactement ? demandai-je en croisant les bras sur ma poitrine.

– Moi je pense que tu devrais aller t'acheter une nouvelle robe chez Becky, dit Arianna.

– Je ne pense pas que ce serait raisonnable. Je n'ai pas besoin d'une nouvelle robe, mon dressing est déjà bien garni.

– Il faut vraiment que tu arrêtes de faire ça maman, l'expression d'Arianna se fit sévère.

– Arrêter quoi ? De quoi tu parles ?

– Tu passes ton temps à nous acheter de nouveaux vêtements mais tu ne te fais jamais plaisir, surtout depuis le divorce. Là t'as une chance de t'offrir une jolie robe, d'aller t'amuser et de te faire belle, alors ne gâche pas tout, rétorqua Arianna.

Je lui souris.

– Tu as raison. C'est gentil de me dire ça, mon cœur.

– Fais-moi confiance, maman. Tu as bien besoin d'une pause, Arianna détourna le regard.

J'avais toujours été particulièrement douée pour deviner lorsque mes filles me cachaient quelque chose, et il me paraissait clair qu'Arianna ne me disait tout. Je la connaissais trop bien pour être dupe.

– Arianna, pourquoi est-ce que tu veux tellement que je m'achète une nouvelle robe ?

Elle échangea un regard avec Gabby qui haussa les épaules.

– Autant lui dire.

– Me dire quoi ?

– Apparemment, tu ne seras pas la seule Jones à cette soirée pour célibataires, dit Arianna en soutenant mon regard.

– Comment ça ?

– J'ai vu papa remplir le questionnaire d'inscription l'autre jour, soupira Arianna.

Je secouai la tête.

– Mais tu m'as dit qu'il voyait déjà quelqu'un, non ?

– Papa dit qu'il aime avoir le choix, Gabby haussa les épaules.

Je fus choquée que Miles ait pu dire une telle chose à nos enfants.

Il avait tout d'un mauvais parent, ce à quoi j'avais été forcée de m'habituer les premiers mois qui avaient suivis notre divorce. Je n'aurais cependant jamais pu imaginer qu'il était le genre d'homme à faire passer son égoïsme avant le fait de donner un bon exemple à ses enfants.

– Je vois.

– Je te jure que j'allais t'en parler, mais je ne voulais pas te faire de la peine, dit Arianna d'un air contrarié.

Je posai ma spatule et allai enlacer ma fille.

– Tu n'as aucune raison de t'excuser. Tu n'as rien fait de mal. Je veux que toi et Gabby sachiez que vous pouvez me parler de tout, je serai toujours là pour vous écouter.

– Je sais maman, sourit Arianna. Mais je veux quand même que tu prennes rendez-vous pour te faire maquiller et coiffer par des pros pour ta soirée. Je veux que tu sois la plus belle de toutes.

J'acquiesçai en l'embrassant sur le front après quoi j'allai embrasser Gabby à son tour.

Je retournai ensuite à la cuisinière où je récupérai ma spatule.

– J'ai les meilleurs enfants du monde, dis-je en remuant les pommes de terre. Et je pense que vous avez raison. Je vais aller m'acheter une nouvelle robe dès demain.

CHAPITRE ONZE

Après une brève discussion avec Gina au cours de laquelle elle m'avait informée que son événement de bienfaisance était en train d'attirer l'attention en ville, j'étais à présent résolue à trouver la robe qui ferait tourner toutes les têtes ce soir-là. D'autant que cette agitation avait apparemment poussé plusieurs hommes richissimes à s'inscrire. Elle ne prit cependant pas la peine de me dire que Miles serait lui aussi de la partie.

Je devinais qu'elle redoutait que cela ne me pousse à annuler.

Je pris une poche de sang que je fis réchauffer au micro-ondes avant de quitter la maison. Khalan m'en avait apporté quelques-unes au cas où j'aurais envie d'un en-cas tardif.

La poche avait cependant été endommagée par le froid et le sang qu'elle contenait n'avait pas aussi bon goût que lorsqu'il était directement sorti.

Mais ça ferait l'affaire.

Je pris bientôt la route de la Boutique de Tara et me garai sur le parking. Sachant que le magasin n'ouvrirait pas avant quelques minutes, je profitai de ce moment de répit pour vérifier mes e-mails.

Une fois ma boîte de réception vidée, je décidai de faire de plus amples recherches sur la soirée pour célibataires à laquelle je m'étais inscrite sur Google.

Je fus surprise de constater que j'avais besoin d'un mot de passe pour entrer sur le site en lui-même et ainsi consulter la liste des participants.

Je fronçai les sourcils.

– Comment Khalan a su que je serais à la soirée dans ce cas ?

Avait-il des talents d'hacker cachés ? Cela ne me surprendrait aucunement.

Je relevai la tête et remarquai les lumières allumées à l'intérieur de la boutique. Je récupérai mon sac à main et me rendis à la porte.

– Oh, bonjour madame Jones, m'interpella madame Jenkins, la propriétaire de la boutique haut de gamme, une fois que je fus à l'intérieur. Je suis ravie de vous revoir.

La dernière fois que j'étais venue ici, j'avais eu une terrible dispute avec Veronica, à l'issue de laquelle j'avais fait un trou dans le mur en y mettant un coup de poing. Bien sûr, j'avais payé les réparations mais je me sentais encore terriblement coupable de ce qui s'était passé.

– Bonjour madame Jenkins. Je suis venue pour une nouvelle robe.

Elle joignit les mains en s'exclamant :

– C'est super ! Je suis contente de voir que vous vous remettez de votre divorce.

Je grimaçai.

Elle tapota ma main en acquiesçant.

– Vous avez raison de prendre soin de vous. Alors dites-moi, à l'occasion de quel événement avez-vous prévu de porter cette robe ? Un dîner romantique ? Une soirée dansante sous les étoiles ?

J'hésitai.

– Pas exactement.

– Ah, je sais ! C'est pour cette soirée réservée aux célibataires, c'est ça ? Une étincelle espiègle fit briller ses yeux.

– Vous êtes au courant ?

– Gina m'en a parlé la dernière fois qu'elle est venue. Elle s'est achetée une superbe robe champagne pour un événement auquel elle devait se rendre avec son mari à New York. Elle s'est mise à me parler de l'événement de bienfaisance qu'organise la société de son mari et m'a assuré qu'elle recommanderait à tous les participants de venir s'habiller chez moi pour l'occasion.

– C'est très gentil de sa part. Mais vous savez, je n'irais dans aucune autre boutique que la vôtre pour ce genre d'événement. Ce sera plutôt formel.

– Ah ça oui. Gina m'a montré les décorations de l'événement pour que je sache quoi conseiller à mes clients.

– Super, donc vous devez savoir de quelle robe j'ai besoin.

– Bien sûr. Je vous emmène en cabine d'essayage et je vous apporte quelques options. Son regard examina mes courbes un instant avant de retrouver le mien. Je vois que vous êtes encore plus fine que la dernière fois. On dirait que vous rajeunissez de jour en jour si c'est possible. Il va vraiment falloir que vous me disiez qui est votre chirurgien.

Je ris.

– Je ne fais pas de chirurgie esthétique, rien que du Botox, mentis-je.

Je la suivis à l'arrière de la boutique. Elle me fit entrer dans une pièce vide décorée d'un grand miroir ainsi que d'un fauteuil et d'une plateforme pour permettre aux clients de s'admirer.

– Je reviens avec vos robes tout de suite.

Je me laissai tomber dans le fauteuil et posai mon sac à main par terre.

La clochette pendue au-dessus de la porte tinta alors. Je devinai que ma conseillère prendrait le temps d'accueillir son nouveau client avant de me rejoindre.

Le murmure affolé de plusieurs voix me parvint bientôt aux oreilles et je sentis mes cheveux se hérisser sur ma nuque.

Madame Jenkins me rejoignit dans ma cabine d'essayage sans la moindre robe en main. Son visage était pâle, et ses yeux écarquillés.

– Est-ce que tout va bien ? je me levai et tentai de jeter un coup d'œil par-dessus son épaule.

– J'ai bien peur que non, murmura-t-elle.

– Oh mon dieu, est-ce que vous êtes en train de vous faire cambrioler ? je tentai de la contourner mais elle me bloqua le passage en posant une main sur mon bras.

– Madame Jones, je ne pense pas que vous devriez sortir.

Je la regardai

– Pourquoi ça ?

Elle se pinça les lèvres en refusant de me répondre.

Seule une personne aurait pu la faire réagir de cette façon. Ce devait être Veronica.

– Je n'ai pas peur de Veronica, et je vous promets de ne pas faire un trou dans votre mur cette fois, je lui souris et la contournai.

– Vous vous trompez, c'est...

Je fis à peine trois pas hors de la cabine avant de tomber nez-à-nez avec la femme qui avait détruit ma famille.

– Rachel ? Qu'est-ce que tu fais là ? Nikki écarquilla les yeux et elle pâlit aussitôt.

– Je ne vois pas en quoi ça te regarde, sifflai-je à travers mes dents serrées.

– Ce n'est pas ce que je voulais dire, Nikki balaya la pièce du regard, visiblement déstabilisée. Je n'avais jamais vu une telle expression sur son visage auparavant.

Nikki avait toujours été une amie très présente. D'une certaine façon, nous étions des contraires parfaits. Elle était plus petite que moi, blonde et avait les yeux noisette. De mon côté, j'étais grande avec des cheveux noirs et des yeux bleus.

Je l'avais toujours trouvée splendide lorsque nous étions encore amies. Mais à présent que je la voyais pour ce qu'elle était réellement, elle ressemblait plus à un monstre qu'autre chose.

– Je ne cherche pas d'ennuis, Rachel. J'ai juste besoin d'une robe.

Si cette salope osait me dire qu'elle avait un rendez-vous galant avec Miles, j'allais lui mettre mon poing dans la figure.

J'aurais pourtant trouvé super de me trouver ici avec Nikki lorsque nous étions encore des meilleures amies qui partageaient tout. J'aurais adoré partager cette expérience avec elle, et choisir de nouvelles robes pour aller à une soirée réservée aux célibataires. Mais cette époque était révolue.

– Tu ne m'as pas dit que tu travaillais pour l'oncle Stan, dit Nikki en me fixant.

– Tu ne m'as pas dit que tu baisais avec mon mari, rétorquai-je.

– Rachel, je suis désolée. Je n'ai jamais voulu que les choses terminent comme ça. Je ne voulais blesser personne. Ça s'est fait un peu par… hasard.

– Tu as fait le choix de tromper ton mari. Tu n'étais pas satisfaite de ce que tu avais à la maison, donc tu as décidé de me piquer mon homme. Et voilà que Miles et moi sommes divorcés et que ton mari est mort.

Elle plissa les yeux brièvement.

– Comment tu sais ça, toi ?

Je levai les yeux au ciel pour un effet dramatique.

– Toute la ville sait que Brad t'a laissé une lettre de

suicide. C'est comme ça que ça se passe, dans les petites villes. On ne peut rien cacher à personne. J'aurais pourtant pensé que tu le saurais mieux que personne.

Elle détourna le regard.

– Alors, qu'est-ce que tu fais ici, Nikki ?

Je croisai les bras sur ma poitrine en la fixant, le regard noir. J'aurais tant aimé que mes pouvoirs vampiriques me permettent de la fusiller sur place.

– Comme je te l'ai dit, je suis venue acheter une nouvelle robe. Je n'ai plus fait de shopping depuis un moment et j'avais envie de me faire un peu plaisir.

Elle garda la tête baissée et je devinai qu'elle était en train de me mentir, mais je m'en moquais.

– Madame Jones, je vous ai mis de jolies robes dans votre cabine, intervint madame Jenkins qui nous regardait de loin d'un air inquiet.

J'étais presque certaine qu'elle était en train de se demander combien ses travaux de réparation allaient encore lui coûter.

Nikki secoua la tête.

– Vous savez quoi madame Jenkins, je pense que je repasserai plus tard.

Nikki tourna les talons et courut presque à la porte d'entrée.

Madame Jenkins se tourna vers moi, les mains jointes.

– J'espère qu'elle ne vous a pas trop dérangée, madame Jones.

– Mais non, je vaux bien mieux que ça.

Je ne pouvais cependant nier que j'étais dérangée par le fait qu'elle sache où je travaillais. Même Miles ignorait encore que je travaillais pour un détective privé.

Madame Jenkins sourit en acquiesçant.

– C'est bien vrai. Allez suivez-moi, j'ai choisi trois robes magnifiques qui vous iront comme un gant.

CHAPITRE DOUZE

Je fus incapable de choisir une robe, trop remuée pour les apprécier alors qu'elles étaient toutes très jolies. Aucune ne me parut vraiment appropriée.

Je rentrai chez moi une fois sortie de la boutique de Tara et me reposai avant de me réveiller juste à temps pour aller chercher les filles à l'école.

Cette rencontre avec Nikki me fit réaliser que Veronica n'était plus venue m'embêter depuis mon divorce. Si je m'en trouvais soulagée, ce silence avait aussi quelque chose d'inquiétant.

Ce jour-là, les filles ne dirent pas le moindre mot sur le trajet du retour. J'étais encore fatiguée à cause du soleil et j'aurais eu besoin d'un peu de sang pour me donner un coup de fouet.

– Maman, t'as fait quoi aujourd'hui ? demanda Gabby depuis la banquette arrière.

Je lui jetai un coup d'œil dans mon rétroviseur.

– Pourquoi tu me demandes ça ? Je suis femme au foyer… Enfin, maman au foyer plutôt, je trouvais étrange d'encore me considérer comme une épouse. Comme si cette fonction faisait partie de ma personnalité.

– Pourquoi tu lui poses une question aussi bête ? Arianna secoua la tête.

– Ce n'est pas bête. Je me posais juste la question parce que la maîtresse nous a montré une vidéo qui racontait comment le travail des parents influence ce que les enfants veulent faire plus tard.

– C'était en cours de quoi ? demandai-je en entrant dans notre quartier.

– En cours d'histoire. Mais c'était une remplaçante, et elle nous a montré une vidéo pour éviter d'avoir à nous faire cours, dit Gabby en haussant les épaules. Je lui ai dit que je n'étais pas franchement d'accord avec la vidéo. Le fait que papa soit médecin ne me donne pas du tout envie de faire médecine.

– Tant mieux, parce que tu n'y serais probablement pas acceptée de toute façon, ricana Arianna.

– C'est toi qui me dis ça ? rétorqua Gabby, le regard noir. On sait toutes les deux que je suis bien meilleure que toi dans toutes les matières. C'est toi qui serait jamais acceptée en école de médecine. Tu n'arriverais même pas à passer l'examen de la PACES.

– C'est quoi la PACES ? demanda Arianna en se tournant vers sa petite sœur.

– Je n'ai plus rien à ajouter, Gabby croisa les bras sur sa poitrine en relevant le menton.

– Arrêtez de vous battre les filles, intervins-je.

– On est sœurs, on est forcées de se battre. C'est même dans la Bible. On est comme Caïn et Abel, Gabby sourit.

Je lui lançai un regard réprobateur.

– Elle a raison, maman, acquiesça Arianna. On mourrait si on ne se battait pas.

– Ne parle pas de ça, je m'engageai sur notre allée et m'arrêtai dans le garage.

– De quoi ? De la mort ? Ça fait partie de la vie, soupira Arianna.

– Elle a raison, renchérit Gabby.

– Oui et bien je n'aime pas du tout vous entendre parler de ce genre de trucs morbides, je coupai le moteur et ouvris ma portière.

Toutes deux sortirent de voiture à ma suite.

– T'inquiète maman, dit Arianna en me lançant un regard en coin. Je suis certaine que tu auras une longue vie. Qui sait, on mourra peut-être même avant toi.

Elle tourna les talons pour entrer dans la maison tandis qu'un frisson me traversait. J'enfonçai le bouton de la porte du garage et la regardai descendre lentement, obstruant peu à peu les rayons du soleil. Je trouvai un semblant de réconfort dans l'obscurité.

J'enroulai les bras autour de ma taille.

Je n'avais plus songé à la mort, la mienne du moins, depuis que j'étais devenue un vampire. Mais mes filles n'étaient pas comme moi. Elles n'étaient ni invincibles, ni immortelles.

Elles étaient humaines, fragiles et limitées.

Des larmes amères vinrent me piquer les yeux et j'essuyai une goutte perdue sur ma joue. Je ne voulais pas qu'elles me voient pleurer. Je m'efforçais toujours d'être forte, tout du moins en face d'elles. Je ne voulais pas qu'elles grandissent en ayant peur du monde qui les entoure. Je voulais qu'elles puissent se sentir en sécurité, heureuses et aimées.

Je réalisai soudain qu'un moment viendrait où elles n'existeraient plus ici, sur cette Terre. Contrairement à moi.

Une vague de tristesse me submergea, si fulgurante que j'en tombai à genoux.

– Tu fais quoi ? me demanda Gabby, postée à la porte de la cuisine.

– J'ai fait tomber mon sac à main et toutes mes affaires avec. J'arrive tout de suite.

Une fois Gabby à l'intérieur, je me levai en me faisant violence pour me reprendre. J'inspirai profondément pour calmer ma respiration affolée. Il fallait que je cesse de craindre l'avenir. Mes enfants étaient encore là, avec moi. Et le fait d'être un vampire ne voulait pas dire qu'on ne pouvait pas me décapiter pour me tuer.

Je soupirai en allant à l'intérieur.

CHAPITRE TREIZE

– Rachel, mais où est-ce que tu étais passée ? J'essaie de te joindre depuis des heures.

L'oncle Stan semblait furieux.

– Pardon, je n'avais plus de batterie et j'ai oublié de recharger mon téléphone. Qu'est-ce qui se passe ?

– J'ai fini par engager un indépendant pour retrouver Brad Stollings.

Je me sentis traversée par la nausée. Ça ne laissait rien présager de bon.

– Tu as préféré engager quelqu'un plutôt que de confier l'affaire à l'un de tes détectives ?

– Ouais, l'affaire est apparemment plus compliquée que je ne l'avais pensé au début, sa voix était rauque, me laissant présager qu'il était agacé de devoir se fier à quelqu'un d'autre qu'à l'un de ses employés.

– Et comment ça se passe ?

– Et bien j'ai une piste, en fait. La première depuis que j'ai accepté cette affaire. En fouillant un peu, mon gars a découvert une vidéo du pick-up de Brad sur la I-55. Apparemment, il s'est arrêté à une station-essence et a été filmé par une caméra de surveillance.

De la bile remonta dans ma gorge.

– T'as une vidéo ?

Putain de merde.

– Et on voit Brad sortir de son pick-up ? demandai-je.

C'était impossible, je le savais. J'en étais certaine puisque Khalan avait égorgé Brad lorsque ce dernier m'avait mis une balle dans la tête.

– Et ben c'est ça, le truc. Le pick-up s'est arrêté à la station-essence mais personne n'est sorti pour faire le plein ou aller acheter un truc à l'intérieur. C'est vraiment bizarre.

– Il s'est peut-être arrêté parce qu'il n'était pas bien, et qu'il hésitait encore à se suicider, suggérai-je.

– Non, ce n'est pas ma théorie, répondit Stan.

– Ah bon ? Ça me paraît pourtant logique, insistai-je. Il fallait que je lui soutire autant d'informations que possible pour pouvoir les transmettre à Khalan.

– Rachel, quand on fait ce métier depuis aussi longtemps que moi, on apprend tout un tas de choses sur la nature humaine.

– Bon et bien, explique. Quelle est ta théorie ?

– Je ne suis pas encore tout à fait prêt à t'en faire part.

– Donc tu m'as appelée uniquement pour me dire que le pick-up de Brad avait été vu à une station-service ?

– Non, je t'appelle parce que je veux que tu explores cette piste toi-même.

– Moi ? Stan, je te l'ai déjà dit, je ne suis pas détective. Je suis photographe. Tu sais, celui qui prend les maris infidèles en photo, les politiques corrompus en train de faire des trucs louches et les gens coupables de fraude à l'assurance la main dans le sac.

– C'est vrai mais tu as quelque chose que mon autre détective n'a pas, dit Stan.

– Et c'est quoi ?

– Une voiture. Le pauvre a détruit la sienne dans un rallye, et il est hors de question que je lui en loue une autre. Je veux que tu sois son chauffeur demain.

– Ce n'est pas dans mes attributions.

– Ça l'est si tu veux garder ce travail. Deux personnes sont passées me déposer leurs CV rien qu'aujourd'hui. L'un d'entre eux est photographe professionnel.

Je serrai les poings. Je détestais qu'on me fasse du chantage de la sorte. Mais j'avais besoin, non je *voulais* ce travail. Pour la première fois de ma vie, j'avais quelque chose à faire hors de chez moi. Il m'était par ailleurs possible de travailler de nuit pendant que les filles dormais, et j'avais même réussi à trouver une baby-sitter de confiance. Le travail était intéressant, et j'étais douée dans mon domaine. Sans parler du fait que les gens me soupçonnaient rarement d'appartenir à une agence de détectives privés, peu importe ce dont ils étaient accusés. C'était un job de rêve à mes yeux.

– Et qu'est-ce que tu veux que je fasse de mes filles ?

– On ne s'est pas compris, on dirait. Je ne veux pas que tu fasses ça de nuit. Tu peux garder ton job de photographe… pour l'instant. Je veux que tu t'en occupes en journée, après avoir déposé les filles à l'école. Tu devrais être de retour à temps pour aller les chercher, dit Stan.

– Stan, je ne pense pas que je puisse faire ça demain. J'ai…

– Tu seras payée, bien sûr. Je ne m'attends pas à ce que tu fasses ça gratuitement.

Il ne me semblait pas avoir le choix. J'allais devoir trouver du sang si je voulais pouvoir rester éveillée toute la journée de demain. Plus il serait frais, et mieux ce serait.

– Bon. Quand est-ce que je récupère le type ? Et où est-ce qu'on se retrouve ?

– Il te retrouvera à la station-essence Merrill's à huit

heures et quart environ. Ça devrait te laisser le temps de t'y rendre après avoir déposé les filles.

– Et comment est-ce que je saurais qui c'est ?

– Tu ne pourras pas le manquer, ne t'inquiète pas. Il est très charmant. Ce sera le seul mec à captiver l'attention de toutes les femmes, Stan raccrocha sans un au revoir.

Il allait me falloir du sang. Je risquais de m'endormir derrière le volant autrement.

– Qu'est-ce qu'il y a ? demanda Arianna en entrant dans la cuisine. T'as l'air stressée.

– J'ai une course à faire en ville et je me demande qui je vais appeler pour venir vous surveiller.

– Tu sais que je suis assez grande pour nous garder toute seule, non ? On n'est plus des bébés, Gabby et moi.

– Je ne sais pas, Arianna…, je me mordillai la lèvre.

– Tu ne vas quand même pas passer la nuit dehors, si ? elle pencha la tête.

– Non, il faut juste que j'aille récupérer quelque chose, j'acquiesçai. T'as raison. Je pense pouvoir vous laisser seules sans baby-sitter.

Arianna me répondit d'un sourire radieux.

– Je vais aller en discuter avec Gabby, histoire d'être sûre qu'elle t'obéisse.

Elle se frotta les mains d'un air réjoui.

– Ne vous battez pas, l'avertis-je.

– J'essaierai, me dit-elle par-dessus son épaule alors qu'elle courait à sa chambre.

Voilà un problème de résolu. Il ne me restait plus qu'à trouver du sang à présent.

CHAPTER QUATORZE

Je garai ma Volvo sur Main Street. Il était près de neuf heures, et le parking était presque plein. Je m'extirpai de ma voiture en frottant mes paumes sur mon jean, stressée. Je n'étais même pas sûre que la salle de jeu de rôles soit ouverte. Mais il fallait que j'essaie. J'avais besoin de sang.

Je pris la direction du salon de tatouage, mon Fedora vissé sur le crâne. Je ne voulais croiser personne que je connaissais.

J'atteignis la boutique et entrai à l'intérieur. Le même employé était posté à la réception, occupé à lire une BD dont la couverture représentait une sirène.

– Madame Jones ?

Je me figeai.

Mon regard croisa celui de Ricky Spencer, le fils du voisin d'à côté et propriétaire d'une voiture de sport qu'il conduisait comme un pilote de course.

Ses parents lui passaient tous ses caprices et ne le punissaient jamais.

Je le détestais, d'autant qu'il avait une gueule d'ange. Je ne pouvais m'empêcher de m'inquiéter chaque fois que je le surprenais à regarder mon Arianna.

J'avais espéré qu'il déciderait de s'inscrire dans une université hors de l'état une fois qu'il aurait terminé le lycée. Mais à mon plus grand regret, il avait été accepté à Ole Miss, ce qui voulait donc dire qu'il rentrerait chez ses parents tous les week-ends.

– Ricky, qu'est-ce que tu fais là ? T'es pas un peu jeune pour te faire tatouer ? Tu n'as même pas encore dix-huit ans.

– Vous êtes sérieuse ? C'est mon troisième, rétorqua-t-il dans un sourire en coin.

– Tes parents savent que t'es là ? dis-je, le regard noir.

– Bah bien sûr, ils ont dû signer l'autorisation parentale. Regardez-moi cette beauté, il souleva son t-shirt pour me montrer son nouveau tatouage, un serpent enroulé autour de son nombril sur la tête duquel était inscrit le mot *rebelle*.

– Ça a dû faire mal.

– Pas autant que celui que j'ai sur la colonne vertébrale. C'est un dragon de Komodo. Celui-ci m'a fait un mal de chien, il sourit avant que son regard ne tombe sur ma poitrine. Alors dites-moi, qu'est-ce que vous faites là madame Jones ? Vous faites une petite crise de la quarantaine après que votre mari vous ait quitté ?

Je me fis violence pour ne pas mettre un coup de poing dans sa gueule d'ange.

– Mon mari ne m'a pas quittée, c'est moi qui l'ai jeté dehors.

Il ajusta son T-shirt au-dessus de son pantalon.

– Vous devez être bien seule dans votre grande maison vide. J'ai pas mal de temps libre si vous avez besoin d'un peu de compagnie vous savez, me dit-il en me faisant un clin d'œil.

Le réceptionniste releva la tête, oubliant bien vite sa BD

au profit de notre échange qu'il semblait trouver absolument fascinant.

Il me serait impossible d'aller à la salle de jeu de rôles sans que Ricky ne me suive.

– Il faut que j'y aille, je tournai les talons pour retourner à ma voiture, le cliquetis de mes talons précipité battant le pavé.

La journée du lendemain allait être interminable si je devais renoncer à me nourrir. Je rejoignis ma voiture et déverrouillai la portière. Le parking s'était bien vidé. Mon estomac gronda et je plaquai la main sur mon ventre.

– Hé, madame Jones ! Attendez, m'interpella Ricky en courant vers moi.

Je fus tentée de grimper dans ma voiture pour échapper au petit con, mais je me ravisai. Je n'avais aucune envie qu'il aille raconter à tout le quartier qu'il m'avait vue dans un talon de tatouage.

– Qu'est-ce que tu veux, Ricky ? soupirai-je.

Il attendit d'être à quelques mètres pour répondre, un sourire aux lèvres :

– Je veux de l'argent.

– Quoi ? dis-je, médusée.

– J'ai dit que je voulais de l'argent, insista-t-il en relevant le menton.

– Tu veux que *moi* je te donne de l'argent ? j'éclatai de rire. Une fois mon hilarité passée, je secouai la tête. Même pas en rêve.

– Tout le monde sait que vous avez dépouillé votre mari dans le divorce. C'est ce que maman dit en tout cas. Bien joué, d'ailleurs.

Il me donna un coup de poing espiègle dans l'épaule et il sourit à nouveau.

– Ricky, tu as assez d'argent pour te payer un tatouage et

faire le plein de ta voiture hors de prix. Si t'en as vraiment besoin de plus, il faut que t'apprennes à être raisonnable. Ou que tu te trouves un travail.

– Un travail ? N'importe quoi, il retroussa le nez. Je n'ai pas le temps pour ça.

– C'est ça, je lui tournai le dos pour déverrouiller ma voiture, bien déterminée à l'ignorer. Va demander de l'argent à tes parents dans ce cas.

– Je ne peux pas. Ils ont dit qu'ils allaient commencer à mettre le holà sur ce qu'ils me donnent. Ils veulent faire des économies pour l'université, il croisa les bras. Quels cons. Ils ne comprennent pas que j'ai des besoins.

– Comme de te faire un nouveau tatouage ? cette conversation me fatiguait.

– Exactement, il acquiesça.

– C'est ça. Il est hors de question que je te donne de l'argent, Ricky.

– Sérieux ? Ce serait vraiment dommage que tout le quartier apprenne que vous vous êtes fait faire un nouveau tatouage parce que vous étiez déprimée à cause de votre divorce. Les gens ne seraient même pas surpris d'apprendre que vous baisez avec un petit jeune pour oublier. Comme moi, par exemple.

Je me tournai vers lui à nouveau, le regard noir. Je n'avais jamais autant désiré frapper quelqu'un auparavant.

– Tu oserais quand même pas aller raconter un tel mensonge ?

Il ricana.

– Vous me connaissez mal, on dirait. J'obtiens toujours ce que je veux.

– Laisse-moi te dire une bonne chose, Ricky Spencer. Personne ne te croira.

– Ah ouais ? Une maman sexy tout juste divorcée et sans

personne dans son lit ? Moi il me semble que ces bonnes gens de Charming n'auront aucun mal à me croire.

– Alors tu irais raconter des mensonges à mon sujet juste parce que tu veux de l'argent ?

– C'est exactement ça.

Mon estomac gronda à nouveau, me rappelant douloureusement ma soif de sang.

Ricky me poussait dans mes retranchements.

Mon regard se posa sur la veine épaisse qui courait le long de son cou. Elle pulsait à chaque battement de cœur.

J'avais eu la malchance de tomber sur un meurtrier lorsque j'avais hypnotisé quelqu'un pour la première fois.

Mais je m'étais beaucoup entraînée depuis, avec Khalan comme tuteur. J'étais bien meilleure aujourd'hui.

– Bon, mais il faut que tu montes dans ma voiture. Je ne vais pas te donner de l'argent là comme ça, en public.

– Parfait. Je préfère que notre transaction soit plus intime de toute façon, il haussa un sourcil suggestif.

– Je ne suis pas aussi désespérée que tu le penses, lui sifflai-je à travers mes dents serrées.

– Peut-être pas maintenant, mais je suis sûr que vous finirez par faire appel à moi pour emplir le vide laissé par votre mari tôt ou tard.

J'ouvris la portière conducteur et me glissai à l'intérieur sans un mot. Ricky contourna la voiture pour aller prendre place sur le siège passager. Je n'eus aucun mal à sentir le sang de son tatouage frais une fois enfermés dans cet espace clos. Je me mis à saliver, le regard fixé sur le lointain. Mon estomac gronda à nouveau.

– Tu veux combien ? j'étais curieuse, quand bien même il était hors de question que je lui donne le moindre centime.

– Je ne sais pas, disons… cinq cents dollars ?

Je me tournai vers lui brusquement.

– Non mais ça va pas ?!

– Il faut bien que je fasse colorer mon serpent. Et je dois acheter quelques accessoires pour ma voiture, il haussa les épaules.

Je me penchai au-dessus du levier de vitesses, mon regard plongé dans le sien.

– Ricky, je veux que tu m'écoutes avec attention.

Ses yeux s'embuèrent, preuve évidente qu'il était hypnotisé.

– T'as compris ?

– Oui, j'ai compris. J'écouterai tout ce que vous direz.

– Donne-moi ton cou, lui ordonnai-je.

Il rejeta la tête vers l'arrière pour m'offrir son cou.

Je balayai le parking du regard une dernière fois. Il était vide.

Affamée, je plaquai les lèvres contre sa chair que je mordis doucement. Le goût du sang délectable emplit aussitôt ma bouche et mon ventre se serra.

Je rouvris les yeux peu après alors que les battements de son cœur faiblissaient. Je ne pouvais boire davantage.

Je m'éloignai en léchant la plaie, le sang cessant bientôt de s'échapper des petits trous qui ornaient son cou.

Je fixai Ricky, dont le regard était encore embué.

– Ricky, tu ne te souviendras pas d'avoir été mordu ce soir. La dernière chose dont tu te souviendras est d'être rentré directement après être sorti du salon de tatouage. Tu ne m'as jamais vue et tu ne demanderas plus jamais de l'argent à quiconque. Tu vas retourner à ta voiture et rentrer aussitôt. C'est compris ?

– Oui, il ouvrit sa portière et sortit.

Je le regardai rejoindre sa voiture en silence, après quoi j'abaissai mon pare-soleil pour me regarder dans le miroir. J'essuyai les minuscules gouttes de sang qui perlaient les commissures de mes lèvres avec soin.

J'inspirai profondément et soupirai longuement.

Avec ce sang frais, j'allais pouvoir servir de chauffeur à ce détective privé sans encombre le lendemain.

CHAPITRE QUINZE

Je déposai les filles à l'école le matin suivant et me rendis à la station-service pour récupérer le détective de l'oncle Stan. Je me félicitai en silence d'avoir bu du sang frais la nuit précédente. J'aurais littéralement fané au soleil sans ça.

Je pénétrai dans le parking de la station-service et coupai le moteur. Je balayai les alentours du regard en essayant de déterminer qui était l'homme pour lequel je servirais de taxi tout au long de la journée.

J'étais encore agacée que l'oncle Stan m'ait forcée à accepter cette mission. Mais il était mon patron, et je voulais garder mon travail de photographe. Je n'avais pas le choix.

Je regardai les passants, ainsi que les voitures garées aux pompes. L'oncle Stan m'avait affirmé que son détective se démarquerait de la foule, et que je le reconnaîtrais tout de suite. Mais aucune des personnes présentes ici, à Charming dans le Mississippi, ne se démarquait vraiment. Pas à mes yeux tout du moins. Je jetai un coup d'œil à l'heure sur mon tableau de bord.

Je relevai la tête pour regarder l'entrée de la station-essence. Deux femmes étaient arrêtées devant la porte, le regard fixé sur quelque chose.

Je regardai aux alentours en essayant de déterminer ce qui les intriguait tant. C'est là que je le vis.

Putain de merde. Ça ne pouvait pas être lui. C'était impossible.

Il me remarqua, sourit et se mit à marcher en direction de ma voiture.

Il ouvrit la portière passager et se glissa à l'intérieur sans la moindre invitation.

– Pardon mais qu'est-ce que tu fais ?

– On m'a dit que tu allais me servir de chauffeur aujourd'hui.

– Attends c'est *toi* le détective privé ?

Il sourit, éveillant une vague de chaleur en moi. J'avais du mal à croire que Jack, le loup-garou, soit assis à mes côtés, dans ma voiture.

– Je suis plus un pisteur qu'un détective privé, mais disons que les humains préfèrent les formalités.

J'avais rencontré Jack quelques mois plus tôt lorsque j'étais allée rendre visite à des bébés coyotes abandonnés qui avaient été adoptés par une meute de loups-garous. Khalan avait été furieux d'apprendre que je l'avais rencontré. Et je devinais son aversion plutôt liée au fait qu'il soit *terriblement* charmant qu'à sa nature de loup-garou.

– Et qu'est-ce qui est arrivé à ta voiture pour que je sois forcée de faire office de taxi ?

– Ce n'était pas une voiture mais un pickup, et j'ai dû m'en débarrasser après une course qui a mal tourné, il haussa les épaules. J'ai du mal à garder mes pickups très longtemps.

– Oh, peut-être Khalan avait-il raison au sujet de ce type. Il m'avait autrefois raconté que Jack n'appartenait à aucune meute de loups-garous du Mississippi, et qu'il se contentait de voyager sans se joindre à aucun groupe. Jack était un solitaire.

– Et où est-ce qu'il faut que je t'emmène exactement ?

– Le véhicule de Brad Stollings a été vu à une station-essence pour la dernière fois. Selon les vidéos de surveillance, il se dirigeait vers le nord donc je pense qu'il a dû aller en direction de Memphis.

– Bon. Tant que je suis rentrée à temps pour aller chercher mes filles à l'école.

– Et est-ce que tes filles sont aussi belles que leur mère ? il me lança un regard aguicheur, et mon cœur s'emballa aussitôt.

Cette mission était une mauvaise idée, j'en étais consciente, mais je trouvais agréable d'être regardée par un homme à présent que j'étais divorcée. Mon Créateur, Khalan, n'était après tout pas du genre à me faire grâce de la moindre attention. Si on mettait de côté les quelques fois où nous nous étions tripotés, bien entendu.

– On devrait aller faire un tour à la station-essence et demander si quelqu'un l'a vu là-bas. Il n'est pas sorti de son pick-up mais qui sait, on aura peut-être la chance de croiser certains des employés qui travaillaient ce soir-là. Autrement on leur laissera un numéro pour qu'ils nous appellent.

– Ça marche, j'enclenchai la marche arrière pour sortir du parking et pris la direction de l'autoroute. J'imagine que tu n'es pas du Mississippi ?

Je lui lançai un regard en coin et il me répondit d'un lent sourire en coin, le genre de sourire qui faisait tourner la tête aux femmes.

– Disons que je voyage pas mal. Je n'ai pas franchement de chez-moi.

– Et où es-tu né ?

– Dans l'Arkansas.

– Ah oui ? Et c'est là que vit ta meute ? Dans l'Arkansas ?

– C'est ça. Mais ça fait longtemps que je ne suis plus retourné dans cet état. Je me débrouille mieux quand je suis loin de ma famille. Ils n'ont jamais été très affectueux, si tu vois ce que je veux dire.

– Désolée de l'apprendre. C'est malheureux mais toutes les familles ont leurs problèmes. Certaines plus que d'autres.

Jack se tourna vers moi et glissa l'un de ses bras musclés autour de mon repose-tête.

– J'ai cru comprendre que tu étais divorcée.

Je le regardai et j'acquiesçai.

– Oui, tout récemment. J'imagine que c'est l'oncle Stan qui t'en a parlé ?

– Non, un poivrot dans un bar du coin, en fait. Je lui ai demandé s'il te connaissait et il m'a raconté l'histoire de ta vie.

Je grimaçai.

– J'imagine. Tous les habitants de Charming savent ce qu'il s'est passé entre mon ex et moi.

– Il doit vraiment être con pour t'avoir trompée. Avec ta meilleure amie en plus, il me sourit alors que son pouce venait effleurer mon épaule. Il était brûlant. Je me demandais si cette impression était due au fait que j'étais un vampire ou à sa nature de loup-garou. Une question de plus qu'il faudrait que je pose à mon Créateur.

– Mon ex meilleure amie, tu veux dire. Je n'ai pas uniquement perdu mon mari dans cette affaire, tu sais.

Je m'engageai sur l'autoroute.

– T'es libre maintenant, non ?

– Je ne vois personne, si c'est ce que tu veux savoir.

– Alors on pourrait peut-être aller boire un verre une fois toute cette histoire terminée, qu'est-ce que t'en dis ?

J'ignorais si cette impulsion était due à son attitude de charmeur ou à son odeur de loup-garou, ou peut-être au fait que je n'avais plus été avec un homme depuis des mois, mais je fus tentée d'accepter son invitation aussitôt que ces mots eurent quitté ses lèvres.

Je déglutis bruyamment en m'agrippant au volant.

– Oh tu sais je suis généralement assez occupée le soir avec les filles. Je n'ai pas vraiment le temps de sortir en ce moment.

– Mais tu t'es inscrite à cette soirée pour célibataires pourtant, non ?

Il se pencha vers moi et son odeur virile s'infiltra aussitôt dans mes narines. J'aurais dû boire davantage de sang. J'allais en avoir besoin pour résister à l'effet qu'il avait sur moi.

– J'imagine que t'as vu le site. Je me suis uniquement inscrite pour faire plaisir à mon amie Gina. Et puis, c'est un événement caritatif, je tentai d'apaiser ma respiration affolée. J'avais l'impression que Jack n'était pas le genre de loup-garou à accepter qu'on lui dise non.

– Ça a l'air plutôt guindé ton truc. Tu t'es achetée une robe ?

Il se mit à caresser mon épaule du bout du pouce. Je me fis violence pour respirer calmement en restant concentrée sur la route, mais cette entreprise me parut soudain bien difficile.

– Pas encore. J'en ai essayé quelques-unes mais je n'étais pas franchement d'humeur à faire du shopping. Je n'ai pas trouvé ce que je voulais.

– Je suis sûre que tu serais magnifique en rouge. Tu sais, la couleur du sang.

Je me tournai vers lui brusquement. Il sourit.

– Et oui ma chère Rachel, je sais exactement qui et *ce que* tu es. Je suis peut-être un loup-garou, mais j'ai su que tu n'étais pas humaine à la minute même où on s'est rencontrés. Je t'ai vue traîner avec Khalan il y a quelques soirs, et c'est là que j'ai compris qui tu étais, il s'enfonça dans son siège en me fixant.

– Ah et donc j'imagine que tu penses tout savoir sur moi, c'est ça ? ricanai-je.

– Non. J'ai encore du mal à comprendre comment tu peux sortir de jour, même si je sais que le mythe des vampires qui brûlent au soleil est faux. J'ai été surpris que Stan me dise que ce serait toi mon chauffeur pour la journée. J'imagine que t'as dû te nourrir il y a peu pour ne pas être crevée.

Je ne répondis rien, me contentant de le fixer. C'était une chose de parler vampire avec Khalan qui en était lui-même un, mais aborder ce sujet avec d'autres me mettait mal à l'aise.

– Détends-toi mon cœur. Je ne raconterai ton petit secret à personne. Tant que tu ne racontes pas le mien, il me fit un clin d'œil.

– Pourquoi est-ce que j'irais dire à quiconque que tu es un loup-garou ? je secouai la tête. Personne ne me croirait de toute façon. Ils penseraient que je suis folle.

Il m'observa un instant.

– Tu serais surprise du nombre de personnes qui te *croiraient* sans discuter. Même ici, à Charming.

Je me tournai vers lui.

– Tu veux dire qu'il y en a d'autres comme nous ?

– Ce que je veux dire c'est que certains humains représentent une véritable menace envers les gens de notre espèce. Plus on est discrets, mieux c'est.

– Bon et comment est-ce que tu as connu Khalan ?

Il croisa les bras sur son torse puissant et se tut un instant en regardant les alentours.

Nous conduisîmes en silence pendant ce qui me sembla être une éternité.

– Prends cette sortie, là, dit Jack en pointant du doigt un panneau.

Je m'exécutai et tournai à droite avant de m'engager sur le

parking de la station-essence. Je mis le point mort et lui jetai un coup d'œil.

Il me répondit d'un sourire aguicheur en me tapotant le genou.

– Attends-moi là pendant que je vais à l'intérieur.

Je pris mon téléphone pour lire les messages que Gina m'avait envoyés dans la matinée tandis qu'il s'éloignait. Elle était inquiète que je ne me sois pas encore trouvé de robe pour la soirée. Je lui répondis rapidement en lui assurant que je m'en occuperais dès que possible et lui demandai de ne pas s'en faire.

Jack sortit bientôt de la station-essence, attirant le regard de toutes les femmes présentes sur son sillage. Je les comprenais bien malgré moi. Jack devait être l'homme le plus charmant qu'il m'avait jamais été donné de voir. Non, le *loup-garou* le plus charmant que j'avais jamais vu. J'ignorais quelles relations pouvaient entretenir nos deux espèces. Était-il même possible pour un vampire de fréquenter un loup-garou ? Ou était-ce contre les règles ? Encore une nouvelle question qu'il faudrait que je pose à Khalan lors de notre prochain rendez-vous.

CHAPITRE SEIZE

Je m'enfonçai dans mon siège et fermai les yeux, soudain accablée par une vague de fatigue.

– Tu sais ce qui te réveillerais ? m'interpella Jack en se glissant sur le siège passager.

– Un lit ? j'ouvris un œil.

– Ça, et mon sang, rétorqua-t-il en me lançant un sourire taquin.

J'ouvris les yeux et penchai la tête.

– C'est possible, ça ? Les vampires et loups-garous se détestent normalement dans les films.

– C'est vrai, il passa un bras autour de mon siège à nouveau et vint effleurer mon épaule du bout des doigts, m'arrachant un frisson. Mais on pourrait changer ça, toi et moi. Il n'y a rien de mal à ce que deux adultes consentants se fassent du bien.

Ses pupilles se dilatèrent alors que ses yeux prenaient une étrange couleur jaune.

– Je ne pense pas que ce soit une bonne idée, je secouai la tête pour faire taire les images lubriques qui s'infiltraient dans mon esprit.

– Pourquoi pas ? il sourit en se penchant vers moi.

– Parce qu'on a un travail à faire. Sans parler du fait qu'on m'a mise en garde contre toi, je démarrai le moteur.

– Khalan. Je savais que ce connard ne serait pas foutu de se mêler de ses affaires, ses yeux reprirent leur teinte habituelle.

– Pourquoi est-ce que tu n'aimes pas Khalan ?

– Disons qu'on a un passé ensemble, Jack haussa les épaules.

J'aurais été curieuse de découvrir ce qui les liait, ainsi que la raison pour laquelle ses yeux avaient jauni, mais je me résolus à garder mes questions pour moi.

– Bon et t'as trouvé quelque chose ?

– Ouais, le caissier était justement là le soir où le pick-up de Brad s'est arrêté à la station-service. Il m'a dit qu'il s'en souvenait parce que la vitre de la portière conducteur était cassée et recouverte de scotch.

Mon estomac se serra. C'était Khalan qui avait cassé cette vitre pour tirer Brad hors de la voiture et l'égorger.

– Et on va où maintenant ? demandai-je en étouffant un bâillement dans un paume.

– Memphis.

– Memphis ? Je ne peux pas passer la journée là-bas.

– Détends-toi, poulette. Ce n'est qu'à quarante-cinq minutes d'ici, et je te promets que tu seras rentrée à temps pour récupérer tes filles à l'école.

– J'avais espéré pouvoir faire une sieste rapide avant, soupirai-je.

– On peut toujours s'arrêter à l'hôtel de l'autre côté de la rue pour que je te montre ce que tu rates, dit-il en haussant un sourcil. Il se pencha vers moi, la respiration affolée.

– On se calme, dis-je en plaquant une main sur son torse puissant pour le repousser. Il grogna longuement, et ses yeux jaunirent à nouveau.

– Je suis incapable de me retenir avec toi. Tu me fais bander, grogna-t-il en prenant ma main dans la sienne.

J'écarquillai les yeux, autant choquée qu'excitée.

– Je suis prêt à parier que personne ne t'avait jamais parlé aussi franchement avant, il sourit.

Je le repoussai.

– Je serais ravi de te faire découvrir une nouvelle facette de ta nature, insista-t-il.

– Qu'est-ce que tu veux dire ? je déglutis en arrachant mon regard à la bosse qui déformait son pantalon.

– Les vampires sont bien plus portés sur le sexe que les humains.

L'odeur de son désir était entêtante. Tout comme la mienne.

Je m'humectai les lèvres en m'agrippant au volant.

– Je pense qu'il serait plus sage de rester professionnels. Je n'aime pas l'idée de fréquenter quelqu'un avec qui je travaille.

Il avait cependant raison, et je le savais. Ma libido était décuplée depuis ma transformation. C'était en partie pour ça que j'avais accepté de participer à cette soirée pour célibataires.

– Je n'ai jamais rencontré quelqu'un comme toi avant, dit-il en se mordillant la lèvre inférieure.

– Bien sûr que si. Tu connais Khalan. C'est un vampire lui aussi.

– Ce n'est pas ce que je voulais dire. T'es bien plus qu'un vampire. T'es… incroyable, son regard arpenta mon visage et descendit doucement jusqu'à ma poitrine avant de tomber sur mon entre-jambes.

– Et *toi* t'es vulgaire, lui sifflai-je.

L'air était lourd à l'intérieur de la voiture, chargé de désir et d'attirance. Je devais rompre le charme.

– Pardon, ce n'était pas mon intention. Je cherche toujours à obtenir ce que je désire, c'est tout.

Un sourire rapide traversa ses lèvres.

– Ce n'est pas grave, j'aurais sans doute été incapable de lui arracher de meilleures excuses de toute façon. En route pour Memphis.

J'enclenchai la première et m'engageai sur l'autoroute à nouveau en prenant la direction du nord.

CHAPITRE DIX SEPT

Nous ne nous rendîmes cependant pas jusqu'à Memphis, Jack me demandant de faire un crochet par Southaven où il alla discuter avec l'employé d'une station-essence tandis que je faisais une sieste rapide. Lorsqu'il me rejoignit, il m'expliqua que ce dernier ne lui avait pas donné la moindre information intéressante.

J'étais soulagée. Plus la piste refroidissait et moins Khalan et moi aurions de chances d'être impliqués dans la mort de Brad.

– Je te demanderais bien de venir déjeuner avec moi mais j'ai comme l'impression qu'on ne mange pas la même chose, toi et moi, blagua Jack.

– Ce n'est pas faux.

Il était un peu plus de midi lorsque nous reprîmes la route de Charming. Je sortis bientôt de l'autoroute et me détendis alors que nous nous rapprochions de la ville.

– Je te dépose où ? dis-je en lui jetant un coup d'œil.

– La station-essence, ce sera bien.

Je plissai les yeux.

– Mais où est-ce que tu vis ? Pas dans un coin de la station-essence, quand même ?

Il rit.

– Non, mais c'est plutôt loin. C'est gentil de me demander. Et puis j'ai prévu d'aller manger un bout au restaurant avant de rentrer.

– C'est toi qui vois, dis-je dans un dernier coup d'œil.

Je pénétrai sur le parking de la station-essence et me garai au bout du bâtiment. Je mis le point mort et me tournai vers lui.

– Bon, voilà. Tu as besoin d'autre chose ?

– Oui, il se pencha vers moi pour plaquer ses lèvres contre les miennes.

Je ne pus retenir un hoquet de surprise, et il profita de ma réaction pour approfondir le baiser. Sa main trouva ma nuque et m'attira vers lui tandis que sa langue dansait avec la mienne. Je me surpris à lui rendre son baiser, soudain submergée par une vague de désir fulgurante et dévastatrice.

Je gémis contre sa bouche et il déposa une volée de baisers le long de mon cou. Sa main remonta le long de ma cuisse et il la glissa bientôt sous mon t-shirt.

Des coups frappés à ma fenêtre m'arrachèrent soudain à Jack.

Je me sentis rougir violemment en me tournant. C'était cette connasse de Veronica Counts.

– Et bien, on dirait que tu n'as pas perdu de temps après ton divorce, Rachel, pavana Veronica. J'ai bien cru que vous alliez faire l'amour au beau milieu du parking de *Kum and Go*.

– C'est qui cette vieille peau ? Jack plissa les yeux.

Mon sang se mit à bouillonner sous le coup de la colère. J'enfonçai le bouton pour ouvrir la fenêtre.

– T'as pas autre chose à faire, Veronica ? Et si tu rentrais attirer les petits enfants chez toi avec des bonbons pour pouvoir les manger ?

Son sourire se dissipa aussitôt et elle se pinça les lèvres, l'air furieux.

Jack éclata de rire.

– T'as raison, elle a bien une tête de sorcière. Elle jacasse comme l'une d'elles en tout cas.

Je souris.

– Pour votre information, mon mari adore ma voix. Il dit que j'ai la voix d'un ange.

– Ouais, un ange déchu. Tiens, ça me rappelle quelqu'un..., je la fusillai du regard.

Ignorant mon insulte, Veronica se tourna vers Jack.

– Et qui est ton ami, Rachel ?

– Ça ne te regarde pas.

– Il a l'air un peu jeune pour toi. J'aurais pensé que tu te trouverais un copain de ton âge. Tu sais, dans la quarantaine, ricana-t-elle.

– Je me fiche de l'âge qu'a Rachel. Elle a un corps de mannequin, Jack ouvrit sa portière et se glissa dehors avant de se pencher vers moi. On se voit demain.

Je le regardai traverser la rue.

– Il ne t'a même pas invitée à déjeuner, rit-elle.

– Bye, Veronica.

Je fermai ma fenêtre alors qu'elle continuait à parler. Je mis la marche arrière et sortis du parking avant de prendre la dircction de mon quartier. Il me fallait au moins quelques heures de sommeil avant d'aller chercher les filles.

J'espérais juste que je ne rêverais pas de Jack une fois mes paupières closes.

CHAPITRE DIX HUIT

Ce soir-là, je remplissais le lave-vaisselle lorsqu'on toqua à la fenêtre de ma cuisine.

Je sursautai en gémissant, surprise, avant de reprendre mon calme, le regard noir.

Khalan me fixait de l'autre côté du verre.

Il leva la main en me faisant signe de le rejoindre.

Je secouai la tête.

– *Maintenant*, dit-il à voix basse.

– *D'accord*, murmurai-je.

Je mis le lave-vaisselle en route avant d'aller à la porte de derrière.

– Ah, le terroriste est de retour, dit Arianna en traversant la cuisine pour aller se servir un verre d'eau.

– Ne l'appelle pas comme ça, la réprimandai-je.

– Pourquoi tu ne l'invites jamais à entrer ? C'est chelou que vous alliez toujours dehors pour parler, elle pencha la tête. Tu n'es pas un agent secret ou un truc du genre quand même, si ?

– Non, mon cœur. Autrement j'aurais su que ton père me trompait.

– Touché, acquiesça-t-elle.

– Et puis je croyais que tu n'aimais pas Khalan ?

– Je ne le connais pas, mais il était là pour toi quand papa ne l'était pas.

Elle alla ouvrir la porte de derrière.

– Khalan, pourquoi vous ne rentrez pas au lieu de jouer au psychopathe ? l'interpella Arianna en lui faisant signe.

Khalan sembla surpris que ce fut ma fille, et non moi, qui lui avait ouvert la porte. Et je l'étais tout autant que lui.

Arianna soupira.

– Écoutez je suis désolée de vous avoir traité de terroriste.

Khalan fronça les sourcils.

– J'ignorais que tu l'avais fait.

– Bah oui, je l'ai dit dans votre dos, pas devant vous. Je ne suis pas aussi peste que Veronica vous savez, dit Arianna d'un ton enjoué.

Je ris.

Khalan se tourna vers moi.

– Entre, dis-je en lui faisant signe.

Mon Créateur s'exécuta. La maison sembla aussitôt rapetisser autour de lui tant il était gigantesque. Il portait son éternel trench-coat noir ainsi qu'un jean et un t-shirt de la même couleur. Ses bottes de motard faisaient un bruit sourd contre mon parquet. Il avait attaché ses longs cheveux en queue de cheval et sa barbe semblait avoir été entretenue avec soin.

– Khalan, tu te souviens d'Arianna, dis-je en me tournant vers eux, curieuse de leur interaction.

Arianna lui tendit la main.

J'étais choquée.

– Salut Arianna, dit Khalan en lui serrant la main.

Mon cœur s'affola dans ma poitrine.

– Maman, tu sais où…, Gabby se figea en voyant Khalan. Vous êtes là.

– On dirait, oui, dit-il en la fixant.

Elle sourit en le rejoignant.

– Vous savez, je vous préfère avec les cheveux détachés mais vous ressemblez quand même à un sorcier.

– Merci. Enfin je crois, il sourit brièvement avant de se tourner vers moi.

– Les filles, Khalan et moi devons discuter.

– Tu nous laisses jamais discuter avec les gens intéressants. C'est quand même un sorcier, bouda Gabby.

– Ce n'est pas un sorcier bécasse, rétorqua Arianna en fronçant les sourcils.

– Ouais et ben ce n'est pas un terroriste non plus, contra Gabby.

– Alors vous êtes quoi ? demanda Arianna en se tournant vers Khalan.

– Je suis jardinier.

– Mais pourquoi est-ce que personne ne nous dit jamais la vérité ? On est quand même plus des gosses, Arianna prit un Oreo dans la boîte à cookies qu'elle fourra dans sa bouche. Elle fit signe à Gabby. Allez viens, on va les laisser entre adultes.

– Bon mais je veux que vous me montriez des tours de magie avant de partir, dit Gabby en pointant Khalan du doigt.

– Voilà qui était intéressant, dis-je une fois les filles parties.

– Pourquoi ? Ce n'est pas comme si je n'avais jamais parlé à des gosses avant.

– Je n'ai jamais dit ça. Je suis juste surprise que les filles soient si gentilles avec toi.

– Gabby a toujours été gentille, il croisa les bras sur son torse puissant en s'appuyant contre l'îlot de la cuisine.

– Je sais, mais Arianna n'avait jamais été si ouverte avec toi.

Il acquiesça.

– Ouais, ça m'a surpris aussi.

– Alors, de quoi est-ce que tu voulais me parler ?

Il plissa les yeux.

– Il y a quelque chose de différent chez toi.

Je baissai la tête pour inspecter ma tenue avant de retrouver son regard.

– De quoi tu parles ? De mon apparence ?

Il approcha et se pencha vers moi, après quoi il inspira profondément. Il se recula bientôt, le regard noir.

– T'étais avec qui aujourd'hui ? me siffla-t-il.

Je détournai le regard, mal à l'aise. Je savais déjà où cette conversation allait me mener.

– Tu te souviens du détective que j'ai dû trimballer aujourd'hui ?

– Ouais ?

– Bah ce n'était pas un type au hasard. C'était un traqueur.

Khalan écarquilla les yeux en penchant la tête.

– Un loup-garou.

C'était une affirmation, pas une question.

– Ouais, et tu le connais déjà.

– Jack ? Non mais tu te fous de ma gueule ?

Il se mit à faire les cent pas dans ma cuisine.

– Oui, c'était Jack.

Il se figea et se tourna vers moi.

Je levai les mains en signe d'apaisement.

– J'ignorais que ce serait lui. Je pensais que ce serait un humain. Et puis Jack s'est pointé et il est monté dans ma voiture.

L'expression de Khalan s'assombrit.

– Ne te fous pas de moi. Il n'est pas uniquement resté sagement assis à côté de toi, je le sais.

– Pourquoi tu dis ça ?

– Parce que son odeur est partout sur toi, il se précipita vers moi et inspira mon odeur à nouveau.

Je savais que j'aurais dû prendre une douche en rentrant.

– Je n'ai pas couché avec lui si c'est ce que tu insinues.

– Alors *quoi* ? il ne bougea pas d'un millimètre, encore penché au-dessus de moi.

Mon cœur s'affola dans ma poitrine.

– Il m'a… embrassée.

Je pris une mèche de cheveux que je portai à mon nez pour la renifler. Il ne me semblait pourtant pas sentir le loup-garou.

– Il a mis son odeur partout sur toi. Tu ne le sens pas ? Tu empestes son odeur.

Je croisai les bras en rencontrant son regard.

– Oui et ben je ne l'ai pas encouragé si c'est ce que tu veux dire.

– T'en es bien sûre ?

– Certaine.

Je tentai de le pousser, en vain. Il était tel un chêne gigantesque enraciné dans le sol.

Je tournai les talons et sortis de la cuisine en trombe en le maudissant en silence. J'aurais aimé qu'il parte.

Mais à en juger par le vacarme de ses bottes de motard, il n'était apparemment pas de cet avis.

Il m'agrippa le bras pour me forcer à lui faire face.

– Non mais est-ce que tu imagines combien c'est dangereux de fricoter avec ce type ?

– En fait, non. Parce qu'à chaque fois que je te parle de lui, ou des loups-garous en général, tu m'ignores et tu refuses de me donner la moindre information. Alors il faut bien que je me fasse ma propre expérience.

— Les vampires et les loups-garous se détestent. Ça a toujours été comme ça et ça le sera toujours. Tu n'as rien à faire avec lui.

— Donc il faudrait que je le déteste sous prétexte que c'est la tradition ? rétorquai-je en haussant un sourcil.

— Exactement.

— C'est le truc le plus débile que t'aies jamais dit. Tu as pourtant fait preuve d'un très grand respect envers cette meute de loups quand on est allé leur confier les bébés coyotes, non ?

— Il y a une différence entre respecter quelqu'un et coucher avec lui.

— Je n'ai pas couché avec lui. Il m'a embrassée sur le parking d'une station-service, c'est tout. Et je préférerais franchement que ça ne se soit pas passé.

— Ah ouais, et pourquoi ?

— Parce que cette connasse de Veronica est venue frapper à la fenêtre de ma voiture. Je n'ai franchement pas besoin qu'elle aille se mette à raconter des trucs sur moi dans toute la ville.

Il alla se poster à le fenêtre, les bras croisés et regarda au loin.

Je soupirai. Je savais cette conversation inutile. Je ne parviendrais pas à convaincre Khalan.

— Bon et tu ne veux pas savoir ce que j'ai découvert au sujet de Brad aujourd'hui ?

— Non, pas franchement. On sait tous les deux qu'il est mort. Il a été égorgé et maintenant il barbote au fond du Mississippi avec son pick-up. On ne le retrouvera jamais. Même ce loup-garou n'en serait pas capable.

— Je doute que l'oncle Stan abandonnera aussi facilement. Je ne sais pas pourquoi mais il a l'air vraiment déterminé à découvrir si Brad est en vie ou à au moins retrouver son corps. Sans parler de cette vidéo du pick-up de Brad à la station-service.

Khalan se tourna pour me faire face.

– Bon et tu as toujours prévu d'aller à cette soirée pour célibataires stupide ?

Je serrai les poings, le regard noir.

– Je suis plus déterminée que jamais, rétorquai-je. J'ignorais comment Khalan parvenait à me faire monter sans les tours aussi facilement.

– Et tu feras quoi si tu rencontres quelqu'un ? Lui dire que t'es un vampire ?

– Bien sûr que non. Je ne cherche pas une relation sérieuse de toute façon. Je sais bien que je ne peux pas envisager une vraie relation avec quiconque étant donné que je suis immortelle. Mais ça me fera du bien de me faire belle et de sortir un soir ou deux. D'oublier qui je suis et ce que l'avenir me réserve.

Je n'avais jamais été du genre à m'apitoyer sur mon sort. Ça aurait été inutile. Mais j'étais au bord de la crise de nerfs après mon baiser avec Jack. Sans parler du mépris de Khalan.

– Cette histoire ne va rien donner de bon. Quand je t'ai transformée, je t'ai dit que tu devais abandonner ton ancienne vie pour t'installer avec moi. Tu serais incapable de survivre seule en tant que vampire.

– Non mais tu n'as toujours pas compris qu'il était hors de question que je laisse mes enfants ? J'en suis incapable.

Il me regarda, un rire aigre sur les lèvres.

– Laisser tes enfants ? T'es pathétique. Tu sais quand même que ce sont *elles* qui *te* quitteront un jour ? Parce qu'elles vont vieillir, et finir par tomber malade. Et un jour, elles mourront. Tu veux vraiment rester pour voir ça ? Tu veux vraiment regarder tes enfants mourir ?

Les larmes me montèrent aux yeux tandis que ma gorge se serrait. J'acquiesçai, incapable de dire le moindre mot.

– Tu ne vois pas que t'es juste en train de repousser l'inévitable ? Elles ne seront plus là, un jour. Et même si tu ne le réalises pas encore, tu vas devoir porter la douleur de les avoir regardées mourir jusqu'à la fin de tes jours.

Une vague de colère mêlée à de la peur me submergea. Il avait raison, bien sûr. Mais je n'avais aucune envie de l'entendre.

– Je veux que tu t'en ailles.

Il ouvrit la bouche, sans doute pour me lancer une réplique cinglante, mais il la referma aussitôt en silence. Il retourna à la porte de derrière qu'il ouvrit avant de s'éclipser dans les ombres de la nuit sans un mot.

Je le suivis du regard et je réalisai soudain ne m'être jamais sentie aussi seule et terrifiée auparavant.

Chapitre vingt

– Où est ta robe ? Gina se glissa à l'intérieur de la maison à l'instant même où j'ouvris la porte d'entrée.

– Quoi ?

Il était à peine sept heures ce samedi matin-là, et les filles dormaient encore. Je m'étais moi-même mise au lit à l'aube, mais avait été aussitôt réveillée par la sonnette qui refusait de se taire.

J'étais donc allée ouvrir la porte et avait trouvé Gina sur mon paillasson, l'air furieux.

– Ta robe pour la soirée, elle tourna les talons et croisa les bras sur sa poitrine, le regard noir.

Je fermai les yeux en me massant les tempes.

– Je n'ai encore rien trouvé qui me plaît.

Elle secoua la tête.

– Ne me mens pas. Tu ne veux plus y aller, c'est ça ?

– Quoi ? j'ouvris mes paupières fatiguées.

– Tu m'as promis que tu irais et que tu te laisserais une

chance. Je te connais, Rachel. Je sais que tu m'as dit ça uniquement pour que je te lâche, elle fronça les sourcils, l'air agacé.

J'avais rarement vu Gina autant en colère. Encore moins contre moi.

– Gina je te promets que je vais m'acheter une robe.

Elle secoua la tête.

– Tu sais que j'ai sélectionné des célibataires dignes de ce nom pour toi. Des hommes avec de l'argent et des ambitions.

– Je ne sais pas si j'ai franchement envie de ça. Je préférerais un homme gentil et généreux, quelqu'un qui aimerait mes enfants.

Son expression s'adoucit.

– Pardon. Je ne voulais pas me mêler de ce qui ne me regarde pas.

– Ce n'est pas grave. Je me doute que tu dois être un peu stressée avec tous les préparatifs pour la soirée.

Elle se laissa tomber sur le canapé, les mains jointes sur ses genoux.

– Il faut que je te dise quelque chose.

Je pris place à ses côtés

– Miles sera là, suggérai-je.

Elle écarquilla les yeux en acquiesçant doucement.

– Comment t'as su ?

– J'ai vu le site.

– Mais je t'ai même pas encore donné ton mot de passe pour y accéder.

– Un ami m'a prêté le sien, dis-je dans un sourire contrit.

– Je suis vraiment désolée, Rachel. Je n'ai appris l'inscription de Miles qu'après la tienne. Franchement j'ai été furieuse qu'il soit assez égoïste pour vouloir pavaner comme ça, elle secoua la tête. C'est vraiment un connard. J'ai toujours voulu te dire ce que je pensais vraiment de lui mais je n'ai jamais osé, ajouta-t-elle en croisant mon regard.

– Ah bon ? Je pensais que tous mes amis adoraient Miles, j'écarquillai les yeux.

– C'est un sociopathe narcissique. Il ne pense qu'à lui-même et sa petite bite, elle grimaça. Pardon, mais j'ai toujours pensé qu'il avait une petite bite.

Je ravalai un éclat de rire.

– Ce n'est rien, et tu as raison. Il n'est pas très bien monté. Elle rit.

– Je veux juste que tu brilles à cette soirée. Que tu fasses tourner la tête de tous les hommes. Je veux que tu montres à Miles ce qu'il a perdu.

Je souris en serrant la main de mon amie.

– Merci, Gina. Ça me fait plaisir.

– Bon mais la soirée est le week-end prochain alors il faut vraiment que tu ailles t'acheter une robe aujourd'hui, m'implora-t-elle.

– Je sais, je sais, je soupirai longuement. C'est juste que je suis déjà passée chez Tara, et que j'y ai croisé Nikki.

– Tu quoi ? Gina écarquilla les yeux. Tu ne m'avais pas dit !

– J'aurais préféré oublier cette rencontre, crois-moi. Bref, du coup je suis partie.

– Ça n'a vraiment pas dû être… facile, dit Gina en m'observant.

– Ça aurait pu être pire. J'aurais pu lui botter le cul, je haussai les épaules.

– J'aurais bien aimé voir ça, sourit Gina.

– Et ben il va falloir que tu prennes ton mal en patience. J'ai bien plus important à faire que de laisser Nikki gâcher ma vie. J'ai une soirée pour laquelle je dois me préparer.

– Voilà ce que je voulais entendre !, Gina acquiesça, un grand sourire aux lèvres.

– Je vais retourner chez Tara voir si je ne serais pas passée à côté de quelque chose.

Gina réfléchit un instant.

– Tu sais, *Becky's* a aussi quelques robes de soirée et tenues habillées. Tu pourrais aller voir là-bas.

– T'as raison, les filles m'ont dit la même chose, je me mordillai la lèvre inférieure. D'ailleurs l'employée m'a montré une robe magnifique la dernière fois que j'y suis allée pour acheter de nouvelles robes de Pâques aux filles, mais je la trouvais trop habillée pour l'église.

Elle était aussi tout à fait hors de prix. J'avais donc écouté ma raison et avais refusé de l'acheter, même si j'y avais souvent repensé depuis.

– Tu veux que je vienne avec toi ?

– Si tu veux. Il faut juste que je dise à Arianna de garder un œil sur sa sœur.

– Tu pourrais les emmener avec nous, suggéra Gina.

– Gabby déteste faire du shopping et Arianna va être d'une humeur massacrante si je ne lui achète rien, alors autant qu'on y aille que toutes les deux.

– Ça marche, sourit Gina. Ça fait longtemps qu'on a pas passé de temps entre filles. On pourrait même passer chez *Caffeine and Cookies* prendre un latté pour la route !

Je grimaçai.

– Ouais mais je préférerais que tu ailles commander toute seule. Je n'ai pas franchement envie de croiser Max.

– Ah oui, ton ancien patron. J'avais oublié. Il t'a virée après que tu aies remis une bourgeoise malpolie à sa place, me taquina Gina.

– Mmh. Je n'en suis pas franchement fière, dis-je en me levant. Il faut juste que je me change avant d'y aller.

CHAPITRE DIX NEUF

– Je suis vraiment désolée madame Jones, mais nous avons vendu cette robe, m'informa Hope, l'employée de *Becky's* en se triturant les mains.

– C'est dommage, j'y ai beaucoup pensé depuis que je l'ai vue ici la dernière fois que je suis venue.

Elle me répondit d'un regard compatissant.

– Je m'en souviens très bien. Elle vous allait à ravir. Mais on a reçu de nouvelles robes qui devraient vous plaire.

Je me tournai vers Gina qui était occupée à arpenter les rayonnages.

– Hé Rachel, qu'est-ce que tu dirais d'une robe bleue ?

Je jetai un œil à la robe bleu foncé qu'elle tenait et secouai la tête.

– Non, je ne pense pas porter cette couleur avant longtemps.

– Pourquoi ? Elle va super bien avec tes yeux.

Je croisai les bras, le regard noir.

– Tu n'as quand même pas oublié cette soirée au country club où tout le monde a appris la liaison de Miles, si ? Je portais une robe de la même couleur.

— C'est vrai. Enfin si j'étais toi, je ne laisserais pas ce petit embêtement me priver d'une jolie robe.

— Je sais que tu as raison, mais il va me falloir un moment pour dissocier cette couleur de la pire soirée de ma vie.

Hope nous rejoignit armée de deux robes.

— Ce vert est très à la mode en ce moment, et la robe en elle-même est moulante et mettra très bien vos formes en valeur. Elle a même une longue fente pour montrer vos jolies jambes.

Je tendis la main pour caresser le tissu satiné.

— Elle est magnifique, c'est certain. Mais je ne sais pas trop pour la fente. Ce ne serait pas un peu vulgaire pour mon âge ?

Gina me fusilla du regard.

— Non mais tu te moques de moi ? Je me baladerais nue si j'étais toi ! Rien que pour montrer à tout le monde que j'ai un corps parfait.

— Je doute que mes filles apprécieraient me voir arpenter les rues de Charming en tenue d'Eve, rétorquai-je en souriant. Bon et quelle est ma deuxième option ?

La deuxième robe était couverte, si bien que je ne pouvais voir ce que le sac renfermait.

Le regard de Hope s'illumina en réponse à ma question. Elle pendit la robe verte à un portant et le mystérieux sac à vêtement à un autre. Elle l'ouvrit lentement en me regardant.

— Cette robe est vraiment unique, elle ne ressemble à aucune autre. Elle vient tout juste arrivée ce matin et je ne l'ai pas encore mise en rayon donc techniquement, vous êtes la première personne à la voir. Et ils n'en ont fait que quelques-unes. Elle vient de Paris. Je ne montre ces robes haut de gamme qu'aux clientes les plus spéciales.

Gina leva le nez du portant qu'elle fouillait pour se tourner vers moi.

– Qui sait, ce sera peut-être la robe parfaite pour cette soirée.

Hope me sourit avant de se tourner vers le sac à nouveau. Elle en tira doucement la robe qu'elle mit devant elle pour me la montrer.

Ma mâchoire se décrocha.

Il s'agissait d'une robe bustier couleur champagne et recouverte de sequins iridescents. Comme la robe verte, elle s'arrêtait au niveau des chevilles et était fendue sur la cuisse.

– Qu'en pensez-vous ? me demanda Hope d'une voix pleine d'espoir.

– Wow, soupira Gina.

– Je sais.

Nous avions toutes deux eu la même pensée. Cette robe était absolument magnifique.

– Elle ne doit pas être donnée si elle vient de Paris.

– Et bien comme je vous l'ai dit, ils n'en ont fait que quelques-unes. Et personne ne l'a encore vue à Charming, m'assura Hope.

Elle se mordilla la lèvre inférieure, et se garda de m'annoncer le prix. C'était mauvais signe.

– Bon, dis-je. Il vaudrait peut être mieux que je me rabatte sur la robe verte dans ce cas.

Gina me fusilla du regard.

– Non, je veux que tu essaies celle-ci aussi. Et je ne veux pas que tu regardes son prix, même s'il ne doit pas être dessus. Je veux que tu choisisses celle qui te plaît vraiment, pas celle que tu penses pouvoir te permettre d'acheter ou la robe que tu penses mériter.

Je pénétrai dans la cabine d'essayage, Hope sur mes talons. Elle pendit la robe verte à un crochet et la superbe robe champagne à un autre après quoi elle sortit en fermant la porte.

Je me débarrassai de mes vêtements rapidement et

examinai la robe verte en soie que je retirai de son cintre. Je la glissai au-dessus de ma tête et remontai la fermeture, puis je me tournai pour m'admirer dans le miroir.

Elle mettait superbement mes formes en valeur.

La couleur était splendide, et elle m'allait à merveille.

C'était une robe magnifique, et il était indéniable qu'elle serait parfaite pour un événement caritatif. Je regardai l'étiquette et manquai de m'étouffer. Quatre cent cinquante dollars. Pas si terrible pour une robe habillée importée de Paris. Mais j'avais toujours été près de mon argent, et j'ignorais si j'allais pouvoir me convaincre de dépenser autant d'argent sur un vêtement.

Je sortis de la cabine d'essayage.

– Oh mon dieu, elle est splendide sur toi, s'exclama Gina avant de croiser les bras en soupirant. Je tuerais pour avoir ta taille de guêpe et tes petites fesses rebondies.

Je levai les yeux au ciel.

– Gina, t'as toujours été plus fine que moi.

– Peut-être, mais t'as des courbes, toi. J'ai perdu toutes mes fesses quand je me suis mise à courir des marathons. Ça me manque parfois. Allez, va essayer l'autre, me dit-elle en me faisant signe de retourner dans la cabine.

– D'accord mais ne te fais pas trop d'espoirs. Je suis sûre qu'elle doit coûter au moins mille dollars.

Je retournai dans la cabine et retirai la robe verte rapidement que je pendis à son cintre avant de me tourner vers la robe couleur champagne.

Je l'ouvris et la glissai au-dessus de ma tête. En dépit du fait que ses sequins la faisaient briller de mille feux, elle était lisse comme du satin à l'intérieur. Je la fermai en prenant une grande inspiration.

Je baissai la tête alors que je tentai de me convaincre que la robe verte était tout aussi belle que celle que je portais, et était sans doute même moins chère. Le vert m'allait bien, et elle n'aurait en plus pas besoin de retouches. Elle ferait l'affaire, songeai-je.

Mais alors que je me tournais pour me regarder dans le miroir, je réalisai soudain avoir passé ma vie entière à me contenter du minimum et à me satisfaire des miettes. J'avais tenté de passer outre la liaison de Miles lorsque je l'avais découverte, en me convainquant que je pourrais faire en sorte que les choses marchent malgré tout. Mais j'avais fini par comprendre que cela ne me ressemblait pas. J'avais été incapable de me laisser marcher sur les pieds par ce connard narcissique qui se fichait bien de me blesser et de détruire notre famille.

Je n'attendais pas grand-chose de cette soirée pour célibataires outre l'occasion de m'habiller et de rencontrer quelqu'un avec lequel je pourrais avoir une conversation d'adulte et peut-être revoir à l'avenir.

J'inspirai profondément et ouvris lentement les yeux pour admirer mon reflet.

Je n'arrivais pas à y croire. Il me semblait voir une autre personne dans le miroir.

Cette robe, comme la verte, était fendue au niveau de la cuisse, avait une jolie couleur et mettait parfaitement mes courbes en valeur.

Mais contrairement à la robe verte, celle-ci semblait avoir complètement altéré mon apparence. Elle me donnait l'air d'une reine, d'une battante.

Je baissai la tête pour regarder l'ourlet de la robe. Elle n'aurait pas besoin de la moindre retouche. C'était presque comme si elle avait été faite pour moi.

J'ouvris la porte et allai rejoindre Gina. Hope écarquilla les yeux en me voyant arriver, tandis que mon amie plaquait une main sur sa bouche.

– Alors, vous en pensez quoi ?

– Elle est tout simplement splendide. On dirait qu'elle a

été faite pour vous, rétorqua Hope en sautillant sur place.

Je me tournai vers Gina.

– Tu ne dis rien?

– C'est parce que tu m'as coupé le souffle, elle acquiesça lentement en m'admirant. Mais vraiment. Il faut que tu prennes celle-ci Rachel. Tiens, va te mettre sur la plateforme.

Je lui obéis et allai me hisser sur la plateforme qui trônait au milieu de la pièce. Je me tournai en me regardant dans le miroir.

– J'ai les chaussures parfaites pour aller avec cette robe, dit Hope avant de sortir en courant. Elle réapparut quelques instants plus tard avec des talons hauts qui semblaient avoir été faits pour une princesse. Ils allaient avec la robe et scintillaient sous les lumières de la cabine.

Elle se pencha pour m'aider à les enfiler après quoi je me redressai en m'inspectant dans le miroir.

– T'es splendide, dit Gina dont les yeux étaient écarquillés.

– Vous êtes parfaite, s'émerveilla Hope en me fixant.

– J'ai trop peur pour vous poser la question fatidique, murmurai-je.

Je craignais déjà la vague de déception qui me traverserait en découvrant que je ne pouvais m'offrir cette robe. Je n'avais aucune envie de désirer quelque chose qui finirait par me glisser entre les doigts.

– C'est bien plus qu'une simple robe tu sais, intervint Gina d'un air compatissant. C'est un nouveau départ. Un rappel du jour où tu as enfin tourné la page sur ton histoire avec Miles.

– Je sais, mais ça va me coûter combien tout ça au juste ? dis-je en me tournant vers Hope.

– Cette robe coûte trois mille dollars, dit-elle enfin, le regard désolé.

Je me sentis pâlir brusquement.

– Oh la vache. C'est un sacré paquet d'argent.

– Mais ce n'est pas ça qui compte Rachel, insista Gina, le regard noir. Ce qui compte c'est que tu prennes ton indépendance et que tu te réappropries ta vie.

– Oui et bien je n'imaginais pas que ça allait me coûter trois mille dollars, dis-je en jetant un nouveau coup d'œil à mon reflet.

– Je ne pense pas que je pourrais vendre cette robe à quelqu'un d'autre, la voix de Hope était teintée de déception et de peine. Elle n'ira à personne à part vous.

– Elle a raison, écoute-la, intervint Gina en passant un bras autour des épaules de Hope en signe de solidarité.

Le visage de la jeune femme s'illumina aussitôt. Elle avait trouvé une alliée.

– Je ne sais pas, c'est beaucoup d'argent quand même.

Gina se tourna vers Hope.

– Vous êtes sûre que personne d'autre n'a vu cette robe à Charming ?

– Non, personne à part…

– À part qui ? Gina fronça les sourcils en lui secouant les épaules. Qui ? Dites-nous.

– Doucement Gina, intervins-je. Mon amie avait l'air furieux. Il ne me semblait pas l'avoir jamais vue dans un tel état auparavant.

Gina m'ignora en fusillant Hope du regard.

– Vous savez comment elle s'appelle ?

Hope me regarda, puis Gina avant de murmurer :

– Tout le monde sait comment elle s'appelle.

Un frisson me traversa. Je savais de qui elle parlait.

– Hope, est-ce que Nikki Stollings a regardé cette robe ?

La jeune femme détourna le regard.

– Elle est passée hier, complètement paniquée. Elle a dit qu'elle voulait quelque chose d'unique, que personne à Charming n'aurait jamais vu ni porté. C'était pour une soirée pour célibataires, je crois.

– Non mais tu te fous de ma gueule ? m'exclamai-je en me tournant vers Gina.

Mon amie croisa les bras en me fusillant du regard.

– Ne commence pas, Rachel.

– Nikki s'est inscrite à l'événement caritatif ?

Je serrai les poings, le ventre noué. Mon corps de vampire semblait ignorer s'il était furieux ou malade.

Gina inspira profondément.

– Ce n'était pas mon idée. Elle s'est inscrite sans que je le sache. Et je peux te dire que je ne me suis pas privée de dire ce que je pensais d'elle au comité. Mais ils m'ont répondu qu'il y avait trop d'hommes par rapport aux femmes, et qu'elle était jolie.

– Alors si je comprends bien, Nikki a été acceptée uniquement parce qu'ils avaient besoin de plus de femmes ? dis-je, le regard noir.

– C'est ce qu'on m'a dit, Gina secoua la tête. Je te jure que si j'avais su qu'ils allaient laisser cette salope participer, je ne t'aurais jamais tannée pour que tu viennes. Ou je me serais au moins assurée que son inscription se perde.

Je regardai mon amie. Ma confiance avait si souvent été abusée par le passé.

– Rachel, je connais ce regard mais laisse-moi te dire une chose. Je suis ton amie et si je veux tellement que tu viennes à cette soirée, c'est parce qu'il y a des tas de mecs bien en ville qui pourraient te rendre très heureuse. Miles n'était qu'un poisson dans l'océan. Une truite, alors que toi c'est une baleine qu'il te faut.

Je ricanai.

– T'es complètement dingue, tu le sais ça ?

– Mon mari me dit la même chose parfois, Gina haussa

les épaules en souriant. Je t'en prie, dis-moi que tu n'as pas changé d'avis. Viens à la soirée, et achète cette robe.

Je me tournai pour jeter un dernier coup d'œil à mon reflet. J'étais splendide, et cela même si je n'étais ni maquillée, ni coiffée. Presque comme si le monde m'appartenait déjà.

Je regardai Hope.

Elle semblait retenir son souffle, les mains jointes sous son menton et pendant un bref instant, je crus voir des larmes apparaître dans ses yeux.

– Je la prends.

CHAPITRE VINGT

Une fois la robe et les chaussures payées avec ma carte de crédit, Gina me tira hors de la boutique et jusqu'à ma voiture. Elle devait vouloir m'éloigner aussi vite que possible avant que je ne regrette la décision impulsive que je venais de prendre.

Nous venions tout juste de pénétrer dans le garage de la maison lorsque je vis la voiture de Miles approcher. Gina se planta à mes côtés, la posture protectrice et les bras croisés sur sa poitrine alors qu'il se glissait hors de sa Tesla.

– Je peux savoir ce que tu fais ici, Miles ? Ce n'est pas ton week-end avec les filles.

– Je suis venu prendre quelque chose dans le grenier, dit-il. Son regard se posa sur Gina. Salut, Gina. Comment ça va ?

– Ça allait plutôt pas mal jusqu'à il y a cinq secondes, répondit-elle d'une voix sèche.

Miles fronça les sourcils en reculant.

– Bon et bah si ça ne vous dérange pas je vais aller faire un tour au grenier.

– Laisse-moi reculer la voiture avant, je n'ai pas envie que l'échelle tombe dessus.

La seule façon d'accéder au grenier était par le biais d'une échelle qui se repliait vers l'intérieur. J'avais brièvement songé à faire du grenier une gigantesque salle de jeux pour les filles lorsque nous avions fait construire la maison, mais Miles m'avait convaincue que ce serait gâcher de l'espace, sachant que nous avions déjà près de sept-cents mètres carrés de surface habitable. Nous nous contentions donc de garder les décorations de Noël et tout ce que nous ne pouvions pas encore nous résoudre à jeter au grenier.

— T'as besoin de quoi ? Gina pencha la tête en l'observant. Elle aurait fait une très bonne avocate, elle qui savait comment pousser un homme dans ses retranchements en moins d'une minute.

— Mes vieux clubs de golf, même si ça ne te regarde pas franchement.

— Je croyais que tu les avais vendus quand je t'en ai achetés de nouveaux.

Je les lui avait offerts pour son anniversaire.

— J'y ai pensé mais j'ai décidé de les garder au cas où les filles voudraient apprendre à faire du golf.

— Ou dans l'éventualité où tu voudrais emmener une autre femme faire une partie avec toi, intervint Gina en faisant un pas vers Miles. Je suis sûre que t'es venu les chercher parce que t'as rendez-vous avec une nana.

Miles rougit violemment alors qu'il détournait le regard.

— Et bien, je…

Mon ventre se serra et je me maudis en silence d'avoir encore des sentiments pour l'homme qui m'avait arraché le cœur.

Il faudrait sans doute un moment avant que cette blessure ne guérisse enfin.

— Je me fiche bien de ce que tu fais et avec qui Miles, dis-je en haussant les épaules.

— Ouais et elle a bien raison, acquiesça Gina avec un

sourire méprisant. D'ailleurs, on vient tout juste d'aller lui acheter une robe pour la soirée caritative entre célibataires. Tu vois de quoi je parle, j'imagine ?

– Euh, eh bien oui, Miles s'éclaircit la gorge.

– Ne t'inquiète pas, je sais que tu y vas aussi. Même si je dois avouer que j'ai été un peu surprise de l'apprendre. Je pensais que tu voyais déjà quelqu'un.

Ce fut moi qui croisa les bras sur ma poitrine cette fois.

– Oui euh, ça ne s'est pas très bien terminé, il haussa les épaules.

– Tu parles de Nikki ? intervint Gina, le ton accusateur.

– Quoi ? Non. C'est fini depuis longtemps avec elle, ricana-t-il.

– Ah ouais ? Tu devrais lui faire passer le message dans ce cas, elle a pas l'air de l'avoir bien assimilé, Gina plissa les yeux.

– Bon pardon mais je n'ai franchement pas de temps à perdre. Je suis venu pour mes clubs alors je les prends et je m'en vais, Miles me contourna ainsi que Gina, l'air méprisant. Tu peux reculer ta voiture, Rachel ?

Je m'exécutai, après quoi Miles tira l'échelle pour monter au grenier.

– J'arrive pas à croire que t'aies pu épouser un mec comme ça, Gina secoua la tête.

– Il n'a pas toujours été comme ça. Avant il était attentif et gentil. Je me demande s'il n'a pas un peu pris la grosse tête en devenant médecin.

– Qui sait. Bon, on devrait rentrer ta robe avant qu'il ne la voie, Gina ouvrit la portière de ma Volvo pour récupérer ma robe à l'intérieur. Hope avait été si heureuse que je l'achète qu'elle m'avait fait une grosse réduction sur les talons hauts.

Nous entrâmes à l'intérieur et j'allai directement à mon dressing où je pendis mon achat sur un cintre et posai les chaussures en-dessous.

Nous retournâmes dans la cuisine.

– T'as acheté quelque chose ? demanda Arianna en se penchant au-dessus de l'îlot.

– Oui, et je l'adore.

– Tant mieux, elle sourit. C'est papa que j'ai vu dehors ?

– Oui, il voulait récupérer quelque chose au grenier. Ces vieux clubs de golf, apparemment.

– Mais il m'avait dit qu'il me les donnerait, Arianna fronça les sourcils en me regardant.

– Il a peut-être besoin de les emprunter un moment, lui répondis-je avec un sourire contrit.

– Ou c'est un connard d'égoïste, marmonna Gina.

Arianna traversa la cuisine pour aller au garage.

– Merde. Tu crois qu'il faut que je la suive ? J'ai encore du mal à savoir comment réagir quand Miles est là, je me tournai vers Gina.

Elle haussa les épaules.

– Je n'en sais rien, mais par contre moi je n'y vais pas autrement on va se disputer et je risque de lui mettre mon poing dans la figure. Je ne voudrais pas faire peur à Arianna, dit Gina en se laissant tomber sur un tabouret.

Le son d'une dispute me parvint aux oreilles quelques instants plus tard et je décidai aussitôt d'aller voir ce qui se tramait.

– Tu m'as menti ! hurla Arianna, les joues trempées par les larmes.

– Mon cœur, je ne t'ai jamais promis mes vieux clubs. Tu dois te tromper.

– C'est surtout sur toi que je me suis trompée, Arianna tourna les talons et courut à l'intérieur.

Je regardai Miles.

– T'as promis tes clubs à Arianna ?

– Quand elle avait cinq ans. On était dans le jardin en train de jouer avec des clubs en plastique. J'ai dû lui promettre à l'époque, mais ça fait des années qu'elle n'a plus voulu jouer, il rit. Elle s'en remettra.

Ma mâchoire se décrocha.

– Donc tu lui as promis ?

– Ce n'était pas vraiment une promesse. C'était une gamine à l'époque, il secoua la tête en retournant à sa voiture où il ouvrit le coffre pour y glisser ses clubs.

– C'est encore une gamine, Miles. Elle se souvient de ce que tu lui as promis, même si c'est une ado.

Il me fusilla du regard.

– Ne commence pas, ma journée a déjà été bien difficile comme ça.

– Pauvre petit, dis-je en le poussant. T'es peut-être médecin, mais t'es père avant tout. Il faudrait que tu t'en rappelles et que tu remettes de l'ordre dans tes priorités.

– C'est l'hôpital qui se fout de la charité, ricana-t-il en ouvrant sa portière.

– Qu'est-ce que tu veux dire ? l'interpellai-je en lui attrapant le bras.

– Je veux dire que tu ne sais pas comment t'occuper de tes enfants, me siffla-t-il. Alors ne viens pas me faire des reproches.

Il se glissa dans sa voiture et s'éloigna sans un mot de plus. Je tournai les talons.

– Ce connard a même pas rangé l'échelle, marmonnai-je.

Je pris le crochet et remontai l'échelle rapidement. Ma nouvelle nature de vampire me facilita cette tâche pourtant ardue lorsque j'étais encore humaine.

Je rentrai ma Volvo dans le garage et retournai à l'intérieur où je trouvai Gina en train de consoler Arianna.

– Je suis vraiment désolée, mon cœur.

Je pris ma fille dans mes bras. Elle était presque aussi grande que moi à présent, mais elle était encore mon bébé.

– Il n'est plus pareil, dit-elle en s'éloignant pour me regarder. Il n'est plus comme avant. On dirait presque que quelqu'un lui a volé son âme.

– Exactement. On appelle ça la crise de la quarantaine, dit Gina en lui tapotant le dos.

J'écarquillai les yeux en fixant mon amie. Gina haussa les épaules.

Je caressai les cheveux d'Arianna.

– Je pourrais t'acheter des clubs de golf si tu en veux tellement.

Elle secoua la tête.

– Mais c'est pas ça. Le truc, c'est qu'il me les avait promis, et il a menti. Il les a repris. Comment un père peut faire ce genre de chose ? Trahir la promesse qu'il a faite à sa fille ? Je ne le comprends pas du tout, Arianna essuya ses larmes et courut à sa chambre.

Je soupirai.

– Je vais y aller pour te laisser régler ça, dit Gina en me caressant le bras.

– Merci, Gina. Et merci pour ton aide aujourd'hui. Je ne pense pas que j'aurais acheté cette robe si tu n'avais pas été là.

– Les amis sont faits pour ça, elle me fit un clin d'œil et m'enlaça rapidement après quoi je la raccompagnai à la porte.

CHAPITRE VINGT ET UN

La soirée *Paires d'As et de Huit* devait avoir lieu ce soir. J'avais coiffé mes cheveux en des boucles lâches et étais allée chez la maquilleuse plus tôt dans la journée. J'admirai mon reflet dans le miroir, un sourire aux lèvres.

– Tu es splendide maman, me dit Arianna depuis la porte de ma chambre. Mais genre vraiment. Tu ressembles à un mannequin.

– Merci ma chérie. T'es sûre que c'est pas un peu trop ?

– Mais non. Les hommes ne verront que toi ce soir.

– J'espère bien, ricanai-je.

Son sourire se dissipa.

– Je te parie que papa va s'en mordre les doigts.

J'étais encore furieuse de ce que Miles lui avait fait, mais je refusais de jeter de l'huile sur le feu, quand bien même c'était tentant.

– Tu pars à quelle heure ? dit-elle pour changer de sujet.

– Euh, la navette sera là à cinq heures. Il faut une heure pour aller à Memphis et on nous fera embarquer dès notre arrivée, j'étouffai un bâillement.

– Tu n'as pas l'air franchement ravie, dit-elle en penchant la tête.

– Désolée. J'ai un petit coup de barre, c'est tout. Ça ira mieux bientôt, je ne lui expliquai pas que le soleil me drainait de toute énergie et que je retrouverai ma forme une fois qu'il serait couché. Ce secret était cependant de plus en plus difficile à cacher aux filles.

– Et ça va durer toute la nuit ? dit Gabby en poussant Arianna pour entrer.

– Je ne sais pas trop, mon cœur. Ça ne devrait pas dépasser minuit mais il va falloir que j'attende que la navette me ramène donc il faudra compter au moins une heure de plus.

– Pourquoi tu fais ça ? me demanda Gabby, les sourcils froncés.

Mon ventre se noua. Me reprochait-elle mon initiative ? Craignait-elle que je fasse passer mes besoins avant les siens ? Me pensait-elle aussi égoïste que leur père ?

Ce n'est qu'à cet instant que je réalisai vraiment combien d'argent j'avais dépensé pour cette robe.

– Je fais ça pour plusieurs raisons, ma Gabby. J'aimerais trouver quelqu'un avec qui discuter.

– Mais pourquoi ? insista Gabby. Tu peux parler à Khalan.

Je ris, et elle fronça les sourcils.

– Khalan n'est qu'un ami et j'ai souvent l'impression d'être un poids pour lui. C'est pour ça que j'aimerais trouver quelqu'un qui apprécie ma compagnie.

– Mais il apprécie ta compagnie, intervint Arianna, un sourire taquin aux lèvres. Il est surprotecteur avec toi. Ou alors il a des tendances de harceleur, qui sait.

– Et puis il s'habille classe, comme un sorcier, dit Gabby en me fixant. Je pense que Khalan sera jaloux si tu y vas.

Je soupirai et allai prendre mes filles dans mes bras.

– Merci mes poupées.

– Pour quoi ? dit Arianna en s'éloignant pour me regarder.

– Je suis heureuse que vous pensiez que quelqu'un puisse encore m'aimer. Ou au moins être jaloux à cause de moi.

Une part de moi aurait cependant aimé pouvoir leur expliquer que ce n'était pas de l'amour, que Khalan ressentait pour moi mais une simple obligation en tant que Créateur.

Gabby recula et me regarda, visiblement encore agacée que je veuille me rendre à cette soirée.

– Et je veux que vous sachiez que quoi qu'il arrive et que peu importe qui je rencontre, vous passerez toujours avant tout le reste dans ma vie. C'est compris ?

– Oui, répondirent-elle à l'unisson, chacune d'un ton également blasé.

La sonnette retentit.

Je me tendis.

– Je ne devrais peut être pas y aller.

– Mais si, Arianna me poussa hors de la chambre en direction du salon, mes talons cliquetant sur le parquet.

La sonnette retentit à nouveau. Je me tournai vers mes filles.

– Gabby ?

Il fallait que je sois sûre qu'elle soit d'accord.

– Tu devrais y aller, acquiesça Gabby. T'es très belle, et ce serait dommage que tu te sois coiffée et maquillée pour rester à la maison. Et puis, tu ne fais jamais rien à part nous emmener à l'école, elle haussa les épaules en récupérant ma pochette posée sur la table basse qu'elle me tendit, ainsi que mon téléphone.

– Je suis un peu nerveuse, admis-je en fourrant mon téléphone dans mon sac.

– Tout ira bien, m'encouragea Arianna. Et puis tu sais, j'aime bien surveiller la maison quand tu n'es pas là.

– Moi je déteste ça, intervint Gabby, le regard assassin.

– Ne vous battez pas. Vous avez mon numéro s'il se passe quoi que ce soit, je fronçai les sourcils en ayant la désagréable impression d'avoir oublié quelque chose.

– Ça ira. Gabby doit juste apprendre que c'est moi qui commande quand tu n'es pas là, sourit mon aînée.

– Ouais c'est ça, rétorqua Gabby.

La sonnette retentit à nouveau.

Arianna secoua la tête en allant ouvrir la porte d'entrée, et il me sembla soudain avoir oublié comment respirer.

Jack, le loup-garou au charme renversant, se tenait sur mon paillasson habillé d'un superbe costume ainsi que d'une casquette de chauffeur, un sourire hypnotisant arpentant ses lèvres.

– Qu'est-ce que tu fais là ? lui demandai-je, les yeux écarquillés. Mes battements de cœur étaient affolés tant il était splendide.

– Je suis ton chauffeur pour la soirée, dit-il, l'air amusé.

– Tu connais le chauffeur ? demanda Arianna en se tournant vers moi.

– Euh oui, un peu, admis-je. Ne m'attendez pas, et écoute bien ta sœur, Gabby.

Je déposai un rapide baiser sur le front de mes filles et rejoignis Jack avant qu'elles n'aient le temps de me poser davantage de questions.

Je me hâtai de descendre l'allée en direction du trottoir.

– Quelle déception, tu ne m'as même pas présenté tes filles. D'ailleurs, elles sont aussi jolies que leur mère, la voix rauque de Jack m'arracha un frisson.

Je secouai la tête en m'arrêtant devant la limousine garée au bord du trottoir. Je me tournai vers lui brusquement.

– C'est quoi, ça ?

Il haussa un sourcil, sceptique.

– Une limousine.

– Sans déconner, grognai-je. Je sais que c'est une limousine, mais ils devaient m'envoyer une navette.

– Et ben on dirait qu'ils ont décidé de bichonner leurs invités. Ils ne font pas les choses à moitié, en tout cas.

Il m'ouvrit la portière en m'invitant à entrer.

– Je suis ta seule passagère ?

– Non, j'ai récupéré une autre bonasse des environs au passage.

– Bon, je relevai ma robe pour prendre place à l'intérieur.

Il m'attrapa le bras et m'attira brusquement vers lui.

Mon cœur manqua un battement. Jack me faisait un effet incompréhensible, d'autant plus lorsqu'il se collait contre moi. Il se pencha au-dessus de moi, son regard ancré dans le mien.

– Tu es splendide ce soir.

– Merci.

– Tu sais, je pourrais toujours déposer l'autre à la soirée et t'emmener dîner ensuite.

Je ne pouvais nier que je trouvais cette proposition alléchante. Mais il y avait quelque chose chez lui qui ne m'inspirait pas confiance. Peut-être était-ce simplement dû au fait que l'on avait abusé de ma confiance auparavant, mais je craignais avoir le cœur brisé. Si Jack affolait tous mes sens, il était cependant hors de question que je le laisse s'infiltrer dans mon esprit.

Il lâcha mon bras et je me penchai pour me glisser sur la banquette arrière de la limousine.

– Mais qu'est-ce que tu fous là ? je lançai un regard noir à Nikki, assise en face de moi.

La portière se referma dans mon dos, et je me retrouvai soudain prise au piège avec ma meilleure ennemie. Nikki releva brusquement la tête et me regarda, les yeux écarquillés.

– Je t'ai demandé ce que tu foutais là ?

– Euh je, je pourrais te demander la même chose, bégaya-t-elle.

– J'ai été invitée à la soirée, je plissai les yeux. Tu sais que c'est une soirée pour célibataires au moins, non ? Je veux dire, t'es encore mariée avec Brad techniquement.

Elle releva le menton d'un air méprisant et joignis les mains sur ses genoux. Elle portait une robe à bustier rouge qui lui arrivait juste en dessous des genoux.

J'aurais dû m'attendre à ce qu'une femme adultère porte du rouge. Et je me félicitai en silence d'avoir choisi la robe que je portais.

– C'est vrai, techniquement je suis encore mariée. Mais tout le monde sait que Brad a laissé une lettre de suicide, donc je me suis dit que j'allais aller à cette soirée pour voir si je pouvais trouver une personne avec laquelle discuter.

– Mais quelles conneries. Comme si tu cherchais juste une « personne avec laquelle discuter ». Tu veux trouver un homme pour t'entretenir, ouais.

Elle pinça les lèvres d'un air agacé en soutenant mon regard.

– Tu sais que je travaille, Rachel ? J'ai toujours travaillé.

– Ouais, et je sais aussi que Brad a dû prendre deux tafs pour soutenir ton train de vie. Et quand tu t'es lassée, tu t'es rabattue sur mon mari, je penchai la tête en la fixant. Je suis sûre que tu ne veux pas trouver quelqu'un d'autre, tu veux juste savoir qui Miles va choisir.

– Miles comptait beaucoup pour moi. C'est toujours le cas, d'ailleurs.

La limousine se mit en route, s'écartant doucement du trottoir. Une part de moi aurait été tentée de fuir, de sauter hors du véhicule pour rentrer chez moi en courant. Mais je savais aussi que c'était l'occasion rêvée de régler mes comptes avec Nikki. Là, dans cet espace clos, j'aurais pu la tabasser sans que personne ne le sache. J'aurais sans doute même pu l'assassiner et me débarrasser de son corps sans mal.

– T'as un putain de cran de me dire que tu aimais *mon* mari alors que j'étais encore mariée avec lui. Je crois que tu es le premier sociopathe que je rencontre. Mais laisse-moi te dire une bonne chose, toi et Miles ne vous remettrez jamais ensemble. Je m'en assurerai personnellement, parce que je ne veux pas de toi auprès de mes filles. Je pense que tu es dangereuse et je ne reculerai devant rien pour les protéger.

Elle fronça les sourcils brièvement et pour la première fois depuis bien longtemps, je vis une étincelle de colère illuminer son regard sous le masque de perfection qu'elle avait toujours présenté au monde.

Elle ouvrit la bouche pour répondre, mais je la fis taire d'un simple regard appuyé. Je me penchai vers elle en la fixant.

– Nikki, je vais te poser quelques questions et je veux que tu sois honnête avec moi.

Son regard devint vitreux alors que ses muscles se détendaient. Je l'avais hypnotisée.

– Je veux savoir pourquoi tu as couché avec Miles.

Elle releva la tête, son regard vide de toute expression croisant le mien.

– Il a fait attention à moi quand Brad en était incapable. Brad travaillait tout le temps et était toujours trop fatigué pour sortir. Et moi j'en avais assez de galérer pour boucler mes fins de mois.

– Est-ce que tu aimais Miles ?

– J'aimais qu'il m'achète des fleurs, des cadeaux. J'adorais que Miles m'emmène en voyage dans des endroits que Brad n'aurait jamais pu s'offrir.

Ces révélations me firent l'effet d'un coup de poignard, en dépit du fait que j'avais déjà découvert qu'il avait emmené

cette salope à une conférence médicale lorsque j'avais hypnotisé son assistance à la soirée du country club.

– Où est-ce que Miles t'a emmenée, exactement ?

– Deux fois à Vegas, une fois en Floride, et une fois aux
Bahamas.

– Mais quel fils de pute.

Je m'enfonçai dans mon siège en tentant de digérer les
informations qu'elle venait de me révéler. Dire que mon mari
était allé parader avec sa poule aux quatre coins du monde
tandis que j'étais à la maison, en train de m'occuper de nos
enfants... Je me félicitai de m'être fait plaisir en m'offrant
cette robe. Moi, qui m'était toujours privée de tout pendant
mon mariage et avait grandi en famille d'accueil en faisant
toujours passer le bien-être de mes filles avant le mien.
J'avais toujours voulu leur éviter d'être aussi terrifiées par le
monde que je l'avais été.

Je me penchai vers elle d'un air impassible.

– Nikki, tu ne te souviendras pas avoir répondu à ces
questions. Tu ne te souviendras pas de ce que je t'ai demandé
au sujet de Miles.

– Je comprends, elle acquiesça lentement et je m'enfonçai
dans mon siège en détournant le regard, brisant l'emprise
que j'avais sur elle.

CHAPITRE VINGT DEUX

Nous fîmes quelques minutes de route en silence durant lesquelles nous tentâmes d'éviter le regard de l'autre.

La limousine ralentit bientôt et je jetai un œil par la fenêtre. Nous étions arrivés devant une maison opulente aux colonnes blanches. Je devinai immédiatement qu'elle était située dans le vieux quartier de Charming. Je me souvenais l'avoir vue lorsque j'y étais allée pour une soirée d'Halloween quelques années plus tôt. Je m'étais déguisée en infirmière sexy et Miles en prêtre.

Quelle ironie, lorsqu'on y repensait. Nous portions tous deux des masques que l'autre ne pouvait voir alors.

La limousine s'arrêta, et je rencontrai le regard de Jack dans le rétroviseur.

– Nous devons encore récupérer quelques personnes avant d'aller au bateau, il me fit un clin d'œil avant de sortir.

– Tu connais le chauffeur ? dit Nikki en se tournant vers moi.

– Un peu, soupirai-je.

– Ce n'est pas ce que prétend Veronica.

Je la regardai, les yeux écarquillés. Elle croisa les bras en relevant le menton.

– Je me fous de ce que Veronica raconte, je plissai les yeux en la mettant au défi de surenchérir.

Je n'étais pas d'humeur pour ces conneries aujourd'hui.

La portière de la limousine s'ouvrit et Jack passa la tête à l'intérieur.

– Ce ne sera plus très long. L'homme que nous devons récupérer sera bientôt là, Jack sourit à Nikki avant de se tourner vers moi, son regard s'attardant sur mon visage un peu trop longtemps à mon goût.

– On doit encore faire combien d'arrêts ? je joignis les mains sur mes genoux en tentant de ne pas trop m'agiter.

– Juste un, il me fit un clin d'œil. Est-ce que je t'ai déjà dit combien tu es renversante ce soir ?

– Oui, tu l'as déjà fait, je tentai de détourner le regard, mais ne parvins pas à faire obéir mon corps. Ce dernier semblait apprécier le loup-garou charmeur.

– Mais il faudrait le répéter encore et encore, son sourire semblait renfermer de folles promesses.

Je me sentis rougir tandis qu'une vague de chaleur me traversait. Cela faisait bien trop longtemps que je n'avais pas été avec un homme. Peut-être n'avais-je pas besoin de rendez-vous galants après tout, mais d'une simple partie de jambes en l'air.

Jack sembla lire dans mes pensées. Je baissai la tête.

Le loup-garou s'éloigna bientôt, et une tête grisonnante se glissa dans la limousine.

– Et bien bonsoir mesdemoiselles, dit un homme d'une soixantaine d'années, un sourire jusqu'aux oreilles collé aux lèvres. Il portait un costume en tissu gaufré terminé par un nœud papillon d'un rouge flamboyant. Il prit place dans la limousine aux côtés de Nikki.

– Je m'appelle Earl, Earl Hackett, il me tendit la main et je la lui serrai.

– Et moi Rachel Jones, dis-je en souriant poliment avant d'extirper ma main de sa paume moite.

– Tout le plaisir est pour moi, son regard arpenta mes courbes et je me reculai autant que possible dans mon siège en croisant les bras sur ma poitrine. Je sentis ses yeux s'attarder sur la fente qui révélait ma cuisse.

– Nikki Stollings, Nikki sourit en lui tendant la main.

Earl arracha son regard à mon corps pour se tourner vers elle et son visage s'illumina aussitôt.

– Nikki, j'aime beaucoup. C'est un très joli prénom.

Il se pencha vers elle, l'air fasciné.

Nikki lui tapota le bras en souriant.

– Et vous avez un très joli costume. Intemporel.

– Je vous remercie, je l'ai depuis que j'ai rencontré mon épouse. Elle n'a jamais été franchement passionnée par la mode, et elle le détestait. Mais elle est morte il y a quelques mois, alors j'ai décidé de le ressortir des placards, il sourit.

Je grimaçai.

Nikki pencha la tête, un sourire aux lèvres.

Jack glissa la tête dans la limousine, son regard de braise fixé sur moi.

– On doit encore en récupérer combien ? marmonnai-je.

– Encore un, il acquiesça dans la direction de Earl. S'il t'embête, tu me le dis et je m'arrête pour lui botter le cul.

Earl rit.

– Je suis prêt à parier que je gagnerais, frimeur.

– C'est ça papy, rétorqua Jack, le regard noir.

– Tout va bien, intervins-je en poussant le loup-garou hors de la voiture. Passe récupérer le dernier invité qu'on puisse aller au bateau.

Il me prit la main avant d'y déposer un baiser. Sa langue

traversa ses lèvres pour aller caresser ma peau rapidement, et je me tendis en serrant les cuisses.

J'avais encore la présence d'esprit de forcer mon corps à m'obéir. Je le repoussai brusquement en le fusillant du regard.

Il sourit, me fit un énième clin d'œil et ferma la portière.

— Dites donc, votre petit-ami est très protecteur, ricana Earl. Je ne sais pas comment vous faites. Je n'ai jamais franchement été du genre à fréquenter les petites gens.

Nikki rit.

— Au moins il est célibataire, lui. Ça pourrait être pire. Je pourrais fricoter avec un homme marié, dis-je, le regard braqué sur Nikki.

Elle fronça les sourcils avant de détourner le regard.

Earl me fixa un instant avant de se tourner vers elle.

— Et bien, il y a de l'orage dans l'air. Je parie que vous êtes amies et que vous vous êtes disputées.

— On n'est pas amies, je regardai par la fenêtre tandis que Jack se remettait en route.

— Moi je pense que si. J'étais agent sportif avant de prendre ma retraite et de m'installer à Charming alors j'ai l'habitude des querelles et tensions.

Super, exactement ce dont j'avais besoin.

— Vous faites erreur, insista Nikki.

— Et moi je pense que vous me mentez toutes les deux, dit Earl en croisant les bras. Vous n'êtes peut-être pas amies maintenant, mais vous l'avez été à une époque.

— Peut-être, mais c'était il y a très longtemps, répondit Nikki d'une voix douce.

Il ne me semblait pas avoir jamais perçu une telle émotion dans sa voix auparavant.

Je me tournai vers elle, les sourcils froncés.

— Vous voyez, je savais que j'avais raison. Dites-moi ce qui s'est passé pour que je vous aide à vous rabibocher.

– Je ne pense pas que vous puissiez nous aider. Certaines choses ne peuvent être pardonnées, je le regardai en le mettant au défi de dire le moindre mot.

Heureusement, je parvins à échapper aux remontrances d'Earl lorsque la limousine s'arrêta à nouveau. Nous étions devant les appartements de luxe d'Émeraude, les bâtiments résidentiels les plus prisés de Charming dans lesquels descendaient tous les hommes d'affaires importants de passage dans la ville pour le travail.

Qui diable allions-nous y récupérer ?

Je regardai Jack s'éloigner en direction d'une porte à laquelle il frappa. Elle s'ouvrit, mais je ne parvins pas à voir qui se tenait de l'autre côté, son visage obstrué par la stature gigantesque du loup-garou. Jack tourna bientôt les talons pour retourner à la limousine, et son regard trouva immédiatement le mien. Parvenait-il à me voir malgré les vitres teintées ? Je me détournai en sentant mes joues rosir.

La porte s'ouvrit. Je baissai la tête.

– Bonsoir.

Je sentis mes poils se dresser sur ma nuque.

Je connaissais cette voix.

La portière claqua.

– Dr. Kramer, j'ignorais que vous participiez à la soirée, dis-je en me forçant à sourire poliment.

– Rachel, il ne semblait pas surpris de me voir.

– Vous vous connaissez ? demanda Earl en nous regardant tour à tour.

– Oui, effectivement, le Dr. Kramer se tourna vers Earl et lui tendit la main. Je suis le Dr. Milton Kramer, ravi de faire votre connaissance.

– Earl Hackett, il lui serra la main fermement. Quel genre de docteur êtes-vous ?

– Un psychiatre, répondit le Dr. Kramer dont le regard se braqua sur moi.

– Ah, donc vous êtes sa patiente, Rachel ? Earl sourit.

– Certainement pas, sifflai-je, le regard noir.

Earl rit.

– Je ne voulais pas vous offenser. On a tous besoin d'un aliéniste une fois de temps en temps.

Le Dr. Kramer retroussa le nez en réponse à ce terme péjoratif.

– Je n'apprécie pas franchement ce surnom.

Earl perdit son sourire en levant les yeux au ciel.

– Roh là là. Voilà exactement ce qui ne tourne pas rond dans le monde d'aujourd'hui, tout le monde se vexe pour un rien. N'est-ce pas ? il donna un léger coup de coude à Nikki.

Elle se redressa en bégayant, visiblement mal à l'aise.

– Je ne suis pas vexé mais ce genre de terme est péjoratif et je n'ai aucune envie qu'on m'insulte sans raison. Un peu de manières et de décence ne vous ferait pas de mal. Notre monde en manque cruellement.

– Et vous, vous avez besoin d'un verre, Earl ouvrit le mini bar de la limousine duquel il tira une bouteille de scotch dont il remplit un verre.

Jack démarra la voiture et se remit en route.

– Je ne bois pas, Kramer leva le menton d'un air méprisant, refusant l'offrande de paix que Earl lui tendait.

– Tant mieux, ça en fera plus pour moi, il vida le verre d'une traite avant de s'en verser un second. Je vous prépare un cocktail, les filles ?

– Je ne bois pas de scotch, mais merci, dis-je.

– Vous ne buvez pas, Rachel ? Pas du tout ? Ou est-ce que vous préférez les nectars plus… rares ?

Une étincelle vint illuminer le regard du Dr. Kramer, promesse d'un secret partagé.

– Ah, moi je sais ce qu'elle doit adorer, Earl me lança un clin d'œil.

Je me figeai. Mon sang se glaça dans mes veines tandis que mon cœur manquait un battement.

– Je serais prêt à parier que vous aimez le Riesling, ce vin sucré qu'on voit partout en ce moment, Earl acquiesça, l'air satisfait de sa proposition.

– En fait non, elle déteste le vin sucré. Elle préfère le vin rouge, intervint Nikki en secouant la tête.

Tous les regards se tournèrent aussitôt vers moi.

– Ah, c'est vrai ?

– Oui, j'adore le vin rouge. Mais ces derniers temps je…

– Vos goûts ont changé, c'est ça ? le regard du Dr. Kramer semblait me transpercer de part en part.

Je m'éclaircis la gorge.

– En fait, j'allais dire que je n'en ai pas beaucoup bu ces derniers temps.

– Vous devez avoir envie d'autre chose, insista Kramer en me fixant.

– Vous voyez, je vous l'avais dit, dit Earl en souriant.

– Avait dit quoi ? demandai-je.

Combien de temps allait encore durer ce voyage en Enfer ?

– Que vous et Nikki étiez meilleures amies. Je ne sais pas pourquoi vous êtes fâchées, mais vous devriez tourner la page et pardonner. Je suis assez vieux pour savoir que c'est bien difficile à trouver, les vrais amis.

– La situation est un peu particulière, dis-je en m'enfonçant dans mon siège.

Nikki resta silencieuse, son regard braqué sur le paysage qui défilait par la fenêtre.

Ce n'est qu'à cet instant que le Dr. Kramer sembla remarquer sa présence dans la voiture.

– Vous êtes Nikki Stollings, c'est ça ?

– Oui, ravie de faire votre connaissance, répondit-elle

poliment. Son sourire était faux, son regard vide de toute expression.

Elle était aussi mal à l'aise que moi.

– J'ai cru comprendre que votre mari s'était suicidé il y a peu, non ? le Dr. Kramer haussa un sourcil.

– Et bien, vous n'avez pas perdu de temps pour vous remettre en selle ma poupée, dit Earl en riant. Mais vous avez bien raison. La vie est trop courte pour se morfondre sur les morts.

– Vous n'y êtes pas du tout, rétorqua Nikki en relevant le menton. Personne n'est sûr qu'il est vraiment mort. On n'a jamais retrouvé son corps, juste une lettre.

– Il est peut-être parti avec une autre femme, non ? s'enquit Earl.

Je ricanai, et Nikki me lança un regard noir.

– Donc si je comprends bien, votre mari est parti en laissant une lettre de suicide derrière lui mais il n'y a aucune preuve de sa mort ? Earl fronça les sourcils.

– C'est ça, acquiesça Nikki.

J'étais soulagée que l'attention de tous soient à présent tournée vers elle. Je tirai mon téléphone de ma pochette pour vérifier l'heure.

– Avez-vous des ennemis, madame Stollings ? le ton du Dr. Kramer me fit grincer des dents.

Elle se tourna vers moi.

– Normalement, non.

– Oh, vous ne sous-entendez tout de même pas que Rachel est votre ennemie, si ?

Earl but une nouvelle gorgée de scotch tandis que le Dr. Kramer étudiait la tension qui régnait entre nous, les yeux plissés.

– Ah mais attendez, ce n'est pas vous qui avez couché avec le mari de Rachel ?

Earl s'étouffa sur son scotch.

– Pardon, quoi ?

Nikki pâlit brusquement.

– C'est bien elle mais je n'ai pas franchement envie qu'on en parle, je croisai les bras.

Dire que j'avais voulu que cette soirée marque un nouveau départ. Nous n'avions jusque-là fait rien d'autre que de parler du passé. J'en avais assez.

– Et vous êtes restée avec ce connard ? me demanda Earl en se penchant vers moi.

– Nous sommes divorcés, rétorquai-je, le regard noir.

– Attendez, il s'appellerait pas Miles Jones votre ex ? Earl sortit son téléphone sur lequel il se mit à pianoter.

– Si.

– Et il va à la soirée, lui aussi, le regard de Earl s'illumina comme un feu d'artifice.

Je dus me faire violence pour ravaler mon envie de jeter ce type et son costume moche à en crever par la portière de la limousine.

– C'est ce qu'on m'a dit, oui, je grinçai des dents.

Earl se tourna vers Nikki.

– Alors vous allez à la soirée pour garder un œil sur lui et vous assurer qu'il n'aille pas butiner une autre fleur ?

Nikki rougit violemment et elle écarquilla les yeux.

– Ah ! Earl la pointa de son gros doigt boudiné. J'ai deviné hein, c'est ça ? Je le savais, il rit en lui tapotant la cuisse.

Je ravalai un soupir en enfonçant le bouton pour descendre la vitre teintée qui nous séparait de Jack.

– Encore combien de temps ? m'agaçai-je.

Son regard rencontra le mien dans le rétroviseur.

– Qu'est-ce qu'il y a ? La conversation n'est pas assez stimulante à votre goût ?

– Non, nous répondîmes à l'unisson à l'exception de Earl qui resta muet comme une carpe.

– Dans ce cas vous serez ravis d'apprendre que nous sommes presque arrivés, nous informa-t-il avec un clin d'œil.

Je refermai la vitre, le regard de Jack restant braqué sur moi alors qu'elle remontait lentement.

– On dirait que vous avez tapé dans l'œil de notre chauffeur, Rachel, me taquina Earl en haussant un sourcil.

Le Dr. Kramer soupira en croisant les bras, et il se tourna pour regarder par la fenêtre.

– Il a raison, renchérit Nikki qui devait être soulagée de ne plus être le sujet de conversation.

– Je ne vois pas du tout ce que vous voulez dire, je croisai les bras en lançant un regard assassin à mes adversaires.

La limousine s'arrêta bientôt, et je m'autorisai un soupir de soulagement.

Nous étions enfin arrivés.

CHAPITRE VINGT TROIS

Je tendis la main pour ouvrir la portière mais Jack fut plus rapide. Il devait avoir perçu ma détresse et mon besoin de m'éloigner de tous ces gens avec lesquels je n'avais rien à partager. Il ouvrit la portière et je m'extirpai de la limousine rapidement.

Je fis quelques pas en direction du bateau avant de m'arrêter. Je l'avais souvent vu arpenter la rivière lors de mes voyages à Memphis, mais n'y étais jamais montée.

Il était plus grand que je l'avais imaginée, sa peinture rouge, blanche et bleue me rappelant la fête nationale.

J'avais lu dans le journal que son intérieur avait récemment été refait. J'espérais ne pas être déçue.

– Alors, prête à t'éclater ? Jack me sourit.

Il était tout près de moi, son épaule effleurant la mienne.

J'arrachai mon regard au sien pour me tourner vers le bateau.

– Tu sais, j'ai vécu tout près de Memphis presque ma vie entière et je ne suis pourtant jamais montée sur ce bateau.

– J'ai quasiment fait le tour du monde et je peux te dire que j'en ai vu des bien plus gros, répondit Jack en souriant.

– Ah bon ? Je croyais que les loups vivaient en meutes et restaient souvent au même endroit ?

– La plupart des loups, oui, le ton de sa voix me fit frissonner. Mais je suis pas comme eux.

– C'est ce que Khalan m'a dit.

– Ah, alors Khalan t'a parlé de moi ? le ton de Jack se fit dur.

– Je n'ai pas dit ça.

Khalan était mon Créateur et j'étais loyale envers lui, même si Jack m'attirait terriblement.

Je regardai le balcon du bateau et y remarquai Gina. Elle me vit et me fit signe de la main. Je lui répondis, soulagée d'enfin voir quelqu'un que je connaissais. Quelqu'un que j'appréciais.

Un homme habillé dans un élégant costume noir descendit la passerelle dans ma direction.

– Vous devez être Rachel Jones. Nous sommes ravis de vous compter parmi nos invités ce soir. Je m'appelle Ralph Perkins. Je suis l'un des membres du comité.

Il me tendit la main et je la serrai en souriant poliment.

– Merci à vous de m'avoir invitée. C'est la première fois que je participe à un événement de ce genre.

– À une soirée caritative ou pour célibataires ?

– Les deux en fait, je répondis en riant.

– Si vous voulez bien me suivre, je vais vous faire embarquer. Nous partons dans un quart d'heure environ.

– Nous sommes les derniers arrivés ?

Je détestais être en retard.

– Nous attendons encore un invité. Il est en route. Nous partirons dès qu'il sera arrivé. En attendant vous pouvez entrer, Gina va vous faire faire le tour du propriétaire.

Je regardai les alentours mais ne vis pas Jack. Je n'attendis pas que Nikki me rattrape pour monter sur le bateau.

Mes talons hauts cliquetèrent sur le bois du pont et je

baissai la tête pour regarder l'eau, remarquant sa couleur verdâtre.

– Bienvenue à la soirée *Paires d'As et de Huit*, m'interpella un jeune serveur en costume qui me tendit une flûte de champagne.

– Merci, dis-je en prenant un verre avant de m'écarter.

Je jetai un coup d'œil par-dessus mon épaule et vis Nikki approcher. Il fallait que je la sème. Je n'avais aucune envie d'être à nouveau prise au piège avec elle. Qu'il était étrange de penser connaître une personne sa vie entière pour finir par découvrir qu'elle vous avait trahi sans la moindre vergogne.

J'entrai à l'intérieur du bateau et remarquai aussitôt sa décoration moderne, ayant visiblement été refaite récemment. Une moquette d'un rouge profond recouvrait le sol et les murs étaient habillés d'un papier-peint couleur crème, les moulures d'origine ayant été habilement restaurées.

L'intérieur avait été décoré comme un casino rappelant l'époque du Wild West. Plusieurs tables de jeu avaient été installées et étaient gardées par des croupiers. Dans un coin trônaient quelques tables à roulette et même des machines à sous.

Les invités étaient déjà occupés à discuter, hommes et femmes mélangés en train de boire une coupe de champagne. Quelques personnes se tenaient encore à l'écart, sans doute trop timides pour engager la conversation ou curieuses de voir qui d'autre devait encore arriver avant d'aborder quiconque.

– Alors Rachel, que pensez-vous de la soirée ? me demanda le Dr. Kramer en se postant à côté de moi avec un verre de bourbon.

Je grimaçai en m'éloignant. Je n'avais aucune envie que l'on m'associe à lui, ou de le fréquenter en sachant qu'il suspectait ma nature véritable.

– Je la trouve tout à fait charmante. J'espère que vous trouverez une personne à qui parler. Qui sait, vous allez peut-être même rencontrer l'âme sœur ce soir, je reculai lentement mais il m'arrêta de sa main potelée.

Je me tournai pour le fusiller du regard. Il se pencha vers moi.

– J'espère que vous n'êtes pas assez naïve pour croire que je suis venu pour une autre femme que vous. Je ne suis là que pour vous observer et vous attraper.

– M'attraper en train de faire quoi ? Boire un cocktail ? je le fusillai du regard.

– Ne savez-vous pas que c'est la pleine lune, ce soir ? Vous allez être submergée par la soif de sang, et je compte bien m'assurer que toutes les personnes présentes ici sachent ce que vous êtes.

– Vous êtes fou, je le repoussai et me hâtai de rejoindre la pièce adjacente. Heureusement, elle était bondée et je le perdis rapidement.

Des tables y étaient disposées et plusieurs personnes étaient déjà assises à leur place. Je traversai la pièce à la recherche de mon nom. Une fois mon siège trouvé, j'y pris place. Heureusement, plusieurs personnes étaient déjà installées à la table. Les places avaient été assignées de sorte qu'elles alternaient hommes et femmes, sans doute dans l'espoir que cela nous encouragerait à engager la conversation et à rencontrer de nouvelles personnes. Je m'assis entre deux hommes qui semblaient avoir la quarantaine bien tassée.

– Et bien bonsoir, me salua l'homme à ma droite. Je m'appelle John Wallace, il me tendit la main.

Je la serrai en souriant.

– Et moi Rachel Jones. Enchantée de faire votre connaissance. On dirait qu'il nous manque encore un passager avant de jeter l'ancre.

– Ah, donc c'est ça qu'on attend. Je suis là depuis presque

quarante-cinq minutes. Mais l'attente ne me dérange pas. Ils font d'excellents cocktails et la conversation est plutôt agréable.

– Je pensais que nous allions être en avance mais apparemment non, je me tournai vers l'homme à ma gauche.

– Bonsoir, je suis Rachel Jones.

Il me lança un sourire franc et me tendit la main.

– Et moi Mark Rutledge.

Le reste des personnes assises à notre table étaient déjà lancées dans ce qui semblait être une discussion fascinante. Je ne voulais pas les interrompre uniquement pour me présenter. Ainsi, je me contentai de m'enfoncer dans mon siège en balayant la pièce du regard. Et en gardant un œil sur le Dr. Kramer.

Le serveur vint poser des salades devant toutes les personnes assises à notre table. Je récupérai ma serviette et la posai sur mes genou avant de prendre mon verre d'eau.

– Voudriez-vous un cocktail ou un verre de vin ?

Je relevai la tête pour regarder le serveur et manquai de m'étouffer en constatant qu'il s'agissait de Jack.

– Tu joues au serveur maintenant ? je fronçai les sourcils.

– Je n'ai pas trouvé d'autre moyen de me faire admettre sur le bateau, il se pencha vers moi. Ou de me rapprocher de toi.

Je m'éclaircis la gorge alors que les deux hommes assis à mes côtés fusillaient Jack du regard.

– Je vais vous prendre un verre de Cabernet.

– Bien sûr, Jack me lança un clin d'œil avant de se rendre au bar situé au fond de la pièce.

– Non mais quel toupet, grommela John en le regardant s'éloigner.

– Oh je suis sûre qu'il flirte un peu avec toutes ses clientes vous savez, je lui offris un sourire contrit.

Je n'avais aucune envie de me disputer avec quiconque

d'autre ce soir. Je ne rêvais que de conversations agréables et, avec un peu de chance, la promesse d'un rendez-vous galant à l'avenir.

– Alors, que faites-vous dans la vie, Rachel ? me demanda John en mangeant une bouchée de salade.

– Je… suis mère au foyer.

J'avais failli répondre *photographe pour détective privé* mais m'étais ravisée rapidement en sachant que ma profession devait rester secrète si je voulais pouvoir continuer à l'exercer.

– Je vois, il semblait quelque peu troublé.

– J'ai divorcé il y a quelque temps, et je m'occupe de mes deux filles à temps plein à présent.

– Je vois, dit-il à nouveau en acquiesçant.

– Et vous, que faites-vous dans la vie ?

Jack réapparut et posa mon verre de vin devant moi. Il s'attarda trop longtemps à mon goût avant d'enfin quitter la table. Du coin de l'œil, je le vis retourner au bar en ignorant les clients qui l'appelaient.

John regarda autour de lui. Enfin, il fit signe à un serveur et commanda un verre de vin avant de se tourner vers moi à nouveau.

– Je suis comptable. Je vis à Memphis et je possède plusieurs cabinets dans les alentours.

– C'est super, acquiesçai-je. Vous devez être très occupé.

– Ah ça oui. Ma mère n'arrête pas de me dire que je ne vais pas en rajeunissant, il secoua la tête. J'aurai bientôt cinquante ans et je n'ai même pas encore trouvé le temps de m'installer et de me marier.

– Je ne pense pas qu'il y ait de quoi regretter votre choix si votre métier vous passionne, après tout, le mariage ne m'avait pas franchement réussi.

– Et vous ? Avez-vous prévu de vous remarier à l'avenir ?

il fourra une nouvelle bouchée de salade dans sa bouche en m'observant.

– Moi ? je ris. Non, je ne pense pas.

– Alors pourquoi êtes-vous venue ? me demanda John en s'appuyant contre le dossier de son siège.

Cette question me surprit.

– Euh, je pensais juste que ce serait un bon moyen de rencontrer du monde, c'est tout. Je ne cherche pas à m'installer, juste une personne avec laquelle discuter et sortir de temps en temps, je bus une gorgée de vin.

– Et vous ? Qu'attendez-vous de cette soirée ? dis-je en retournant sa question contre lui.

– J'espère trouver une épouse avec laquelle avoir des enfants, il me regarda. Vous en voulez d'autres ?

– Non, je pense que j'ai déjà ce qu'il me faut.

– Je vois, il tourna son attention vers la femme d'âge mûr assise à côté de lui.

Je ne pus m'empêcher de me sentir vexée qu'il me rejette si rapidement. Quelle impolitesse. Se pensait-il irrésistible ? Il n'avait pourtant rien de très charmant avec son début de calvitie. Et je peinais même à imaginer qu'il puisse être à l'aise avec des enfants.

– Bonjour, je m'appelle William et je suis dentiste, m'interpella l'homme assis à côté de moi en souriant.

Il avait un morceau de brocoli coincé entre les dents. Mais elles étaient blanches, au moins.

– Comme c'est excitant, je réprimai un soupir. Le soleil n'était pas encore couché, et je commençais à fatiguer. Il me faudrait attendre l'obscurité totale pour retrouver mon énergie.

– Et votre cabinet est à Memphis ? demandai-je poliment en jouant avec ma salade.

– Oui, mais je pense en ouvrir un second à Charming. Si

j'avais une raison de m'y installer, bien sûr, il me fit un clin d'œil en haussant ses sourcils broussailleux.

Je me tendis en vidant mon verre de vin d'une traite.

– Un autre ? Jack apparut à côté de moi, armé d'une bouteille de vin. Il remplit mon verre sans attendre ma réponse.

– Merci, dis-je en buvant une longue gorgée.

– Vous savez, si vous n'avez pas faim il y a toujours d'autres événements dans la pièce d'à côté, suggéra Jack.

– Ah bon ? Si vous voulez bien m'excuser, dis-je à William d'un air faussement excité.

– Mais vous n'avez même pas terminé votre entrée, son sourire se dissipa.

– Je n'ai pas vraiment faim. Je vous la donne si vous voulez.

Son visage s'illumina.

– Merci !

Je récupérai ma pochette et quittai la pièce rapidement.

CHAPITRE VINGT QUATRE

J'allai faire un tour sur le balcon du bateau. Le soleil était allé se cacher sous l'horizon, et nous nous étions doucement mis en route.

– Tu es splendide, Jack posa la main sur le bas de mon dos.

– Tu me l'as déjà dit. Plusieurs fois.

– Mais ça vaut le coup de le répéter, rétorqua-t-il en se rapprochant.

Je m'appuyai sur la balustrade et me tournai vers lui.

– Comment t'as fait pour te changer si vite ? D'abord l'uniforme de chauffeur et maintenant celui de serveur… Est-ce qu'ils t'ont engagé pour ces deux postes ?

Il sourit lentement.

– Non, ils m'ont engagé comme chauffeur. C'est moi qui ai acheté cet uniforme.

– Mais pourquoi ? je ris. Tu aimes tellement servir les gens que ça ?

– Non, c'est toi que j'adore servir, il se pencha vers moi.

Son odeur s'infiltra aussitôt dans mes narines et je parvins à peine à retenir un gémissement.

Il effleura mon dos nu du bout des doigts.

– Je sais que je te plais. Et tu dois te douter que tu as volé mon cœur à l'instant même où j'ai posé les yeux sur toi ce soir-là, dans les bois.

Mon cœur s'affola dans ma poitrine, ses battements assourdissants.

– Dans les bois ? Mais que diable étiez-vous allée faire dans les bois, Rachel ? la voix du Dr. Kramer me fit l'effet d'une porte qui grince.

– Elle était avec moi, rétorqua Jack, le regard noir.

– Mmh. Très crédible.

Le Dr. Kramer but une gorgée à son verre avant de remonter ses lunettes le long de son nez.

– Je crois que je vais retourner à l'intérieur. Si vous voulez bien m'excuser, je passai devant le Dr. Kramer et entendis Jack grogner dans mon dos. Il était apparemment agacé que nous ayons été interrompus. Mais malgré mon dégoût pour le Dr. Kramer, je devais m'admettre soulagée qu'il soit intervenu.

Jack me plaisait. Sans doute même un peu trop. Je n'étais pas venue à cette soirée pour qu'on me brise le cœur. Je cherchais uniquement une personne avec laquelle sortir de temps en temps. Rien de sérieux. Je rencontrerais peut-être même mon meilleur ami ce soir.

Je pénétrai dans la salle de jeux que je balayai du regard. Les invités étaient occupés à discuter en jouant aux cartes. Je pris un deuxième verre de vin sur le plateau d'un serveur qui passait par là et me frayai un chemin à travers la foule.

Je ne pus m'empêcher de remarquer la façon dont les hommes se tournaient pour me regarder lorsque je passais devant eux. Ce simple fait suffit à regonfler ma confiance en moi.

Je sentis le regard de quelqu'un me brûler le dos tandis que mes poils se dressaient sur ma nuque.

Je me tournai.

À l'autre bout de la pièce se tenait Khalan, habillé dans un superbe costume sur mesure.

Ma mâchoire se décrocha. Il était absolument renversant. Il avait taillé sa barbe et coupé ses cheveux qui lui tombaient à présent au-dessus des épaules. Ses yeux d'océan me clouèrent sur place.

Mon cœur s'affola dans ma poitrine.

Il avança vers moi lentement, tel un lion guettant sa proie.

– Khalan

– Rachel, la façon dont il prononça mon nom me fit presque tomber à genoux.

– Qu'est-ce que tu fais là ? je plaquai une main sur ma gorge en regardant autour de moi.

Quelques personnes nous observaient. L'observaient sans doute *lui* tant il était charmant.

– Je suis venu parce que…

– Khalan, intervint Jack en se glissant entre nous. Mais qu'est-ce que tu fous là ?

– Pourquoi est-ce que tout le monde me demande ça ? grogna Khalan.

Un serveur qui passait là fit un détour pour nous éviter.

– T'es pas franchement très sociable en temps normal, rétorqua Jack en relevant le menton.

Khalan observa l'uniforme du loup-garou avant de lui fourrer sa flûte de champagne vide entre les mains.

– Rends-toi utile et va me chercher à boire.

– Bien sûr, et que diriez-vous d'un grand verre de va te faire foutre ? Jack lui sourit.

– Pardon, mais est-ce qu'il y a un problème ? demanda Ralph en nous rejoignant.

– Oui, effectivement. Ce serveur me fait des misères, répondit Khalan d'une voix blanche.

– Oh je vous prie de m'excuser, monsieur. Que m'aviez-vous demandé, déjà ? dit Jack en forçant un sourire.

– Un bourbon, marmonna Khalan en le fusillant du regard.

Jack arracha la flûte des mains de mon Créateur avant de se diriger vers le bar.

– Je vous prie de nous excuser. C'est un remplaçant de dernière minute, Ralph lança un regard agacé à Khalan.

– Je comprends. C'est difficile de trouver du personnel compétent ces temps-ci, répondit Khalan sans me quitter du regard.

Ralph s'excusa à nouveau avant de s'éclipser.

– Qu'est-ce que tu fais avec Jack ? Je t'ai dit de ne pas fricoter avec lui, Khalan approcha en plongeant son regard noir dans le mien.

– Je ne fricote pas avec lui, sifflai-je entre mes dents serrées.

Khalan était peut-être charmant, mais j'étais furieuse. Il est passé me chercher chez moi pour m'emmener à la soirée. Je n'avais aucune idée qu'il travaillerait aussi sur le bateau.

Je lançai un coup d'œil au bar. Jack leva un verre dans ma direction avant d'en vider son contenu. Je devinai qu'il devait boire au verre de Khalan.

– Il n'est pas là pour travailler. Il est venu pour te séduire, grogna Khalan.

– Quoi ? C'est ridicule, je déglutis en plaquant une main sur mon cou.

– Ah oui ? Pourtant j'ai senti ton odeur sur lui quand je suis monté sur le bateau. Il doit avoir volé l'une de tes culottes pour frotter son odeur sur ses vêtements. Ça ne m'étonnerait pas qu'un chien tel que lui aille jusque-là.

– Tu te fais des films. Il n'est jamais venu chez moi.

– Tu m'as dit qu'il était venu te chercher, son regard se fit dur.

– Effectivement, mais il est resté à la porte et je ne l'ai certainement pas invité à entrer, je levai le menton. Franchement je ne vois pas pourquoi tu me fais une scène.

– Et moi je ne comprends pas pourquoi tu n'es pas assez intelligente pour te rendre compte de ce qu'il attend de toi.

– Et qu'est-ce qu'il attend de moi, selon toi ?

– Que tu couches avec lui, siffla Khalan.

– T'es vraiment un connard, mon sourire se dissipa et je regardai autour de moi.

Nous avions attiré l'attention de plusieurs des couples présents dans la pièce, qui avaient cessé de jouer pour ne manquer aucune miette de notre scène de ménage.

– Tout le monde nous regarde, lui murmurai-je en forçant un sourire.

– Ils ne nous regardent pas, c'est *toi* qu'ils regardent.

Jack nous rejoignit avec un verre de bourbon qu'il tendit à Khalan d'un air faussement agréable.

– Et voilà, monsieur. J'espère que ça vous ira.

Mon Créateur ignora le loup-garou, son regard encore braqué sur moi. Il porta le verre à ses lèvres pour en prendre une gorgée, et laissa échapper un grognement agacé.

– C'est du scotch, bordel. Je déteste le scotch.

– Rachel !

Je me tournai pour voir Gina nous rejoindre.

Elle m'embrassa sur la joue.

– Je suis si contente que tu sois venue, elle s'éloigna pour admirer ma robe. Tu es absolument splendide. Vous ne pensez pas ?

Elle se tourna vers Khalan.

– Époustouflante, répondit-il dans un murmure rauque.

J'aurais sans doute été tentée de le croire s'il n'avait pas été en train de me fusiller du regard. Mais il avait l'air prêt à me tordre le cou.

– Je vois que tu t'es déjà fait un ami, Rachel.

Gina fixa Khalan. Son regard sembla s'embuer brièvement, et elle lui sourit. Elle était en train de tomber sous son charme.

– Je m'appelle Khalan, il se tourna vers mon amie et lui tendit la main.

Je me tendis aussitôt.

Elle la serra en gloussant.

– Et moi Gina.

– Et elle est mariée, lui rappelai-je.

– Oh, bien sûr, je suis mariée, elle rit en me lançant un regard en coin. Je ne me souviens pas vous avoir vu sur la liste des célibataires.

– Ça s'est fait à la dernière minute. J'espère que je ne vous ai pas trop embêtée.

– Mais bien sûr que non, on adore les surprises. N'est-ce pas, Rachel ?

Je retroussai le nez. Gina se comportait comme une adolescente boutonneuse qui craquait sur la star du lycée.

– Rachel ? elle se tourna vers moi.

– J'ai toujours détesté les surprises. Maintenant si vous voulez bien m'excuser, j'aimerais rencontrer du monde.

Je fourrai ma pochette sous mon bras et grimaçai lorsque ses sequins éraflèrent ma peau.

Je traversai la pièce d'un pas rapide, la tête haute. Il me sembla entendre Khalan grogner de désapprobation dans mon dos, et je fus ravie de l'ignorer.

Je sortis sur le pont et me dirigeai vers l'arrière du bateau. Il n'y avait pas âme qui vive. J'étais seule. Tous étaient à l'intérieur en train de s'amuser, occupés à jouer ou à se goinfrer.

J'avais fait une erreur. Je n'aurais jamais dû venir à cette soirée.

– Ah il me semblait bien vous avoir vue dehors, la voix du Dr. Kramer fit voler en éclats le calme de la nuit.

Je me tournai en ravalant un soupir. Je n'avais plus la moindre envie de faire preuve de courtoisie.

– Mais qu'est-ce que vous me voulez ? Vous devriez retourner vous trouver une épouse à l'intérieur.

– Je ne suis pas venu à cette soirée pour rencontrer une femme, grimaça-t-il.

– Alors pourquoi est-ce que vous êtes là, putain ? je plissai les yeux.

– Je suis là pour vous surprendre en train de vous transformer en vampire. C'est la pleine lune ce soir, et c'est justement là que vous êtes la plus vulnérable. Une fois que j'aurai la preuve de ce que vous êtes, je pourrai convaincre le jury que mon patient n'était pas maître de ses actions au moment du meurtre.

Je reculai. Ses mots me firent l'effet d'un coup de poing dans le ventre.

Ses lèvres se fendirent pour laisser apparaître un sourire.

– On dirait que j'ai touché un point sensible, il m'attrapa le poignet brusquement.

Une vague de douleur me mordilla la peau.

– Vous me faites mal, lâchez-moi, je tentai de crier mais sentis toute énergie me quitter comme de la fumée.

– Pas tant que je n'aurai pas eu ce que je suis venu chercher. Et n'essayez pas de lutter, c'est inutile. C'est la bague en argent que je porte qui vous brûle la peau. Vous allez vous affaiblir de minute en minute, il me traîna jusqu'à une porte portant le mot *Privé*. Il tira un trousseau de clés de la poche de son pantalon et en fourra une dans la serrure sans me lâcher.

La porte s'ouvrit bientôt et il me jeta à l'intérieur.

Je m'écrasai par terre violemment. Il alluma la lumière.

Nous nous trouvions dans une chambre décorée dans des tons de rouge et au milieu de laquelle trônait un grand lit à baldaquins. Des chaînes en argent étaient attachées aux coins de ce dernier.

— Allons-y, il me força à me remettre debout et me jeta sur le matelas.

Je fus immédiatement tentée de m'endormir tant j'étais exténuée. Je n'avais jamais connu telle fatigue auparavant.

Il me prit le bras et m'enchaîna à l'une des colonnes du lit. L'argent dont les chaînes étaient faites ne me brûla pas la peau aussi violemment que sa bague, mais il mordillait ma chair malgré tout.

— Mais qu'est-ce que vous faites ? je tentai de fuir, mais mon corps refusa de m'obéir.

— Je vous attache, il enchaîna mon autre bras, puis en fit de même avec mes chevilles.

Lorsqu'il eut terminé, il se tint au pied du lit, le regard braqué sur moi.

— Voilà qui devrait vous empêcher de bouger. Vous êtes trop faible pour hurler, et l'argent va continuer à drainer votre énergie. Votre nature se révélera une fois que vous serez à bout et que la pleine lune sera haute dans la ciel. Ça, et vos crocs.

— Vous êtes fou, rétorquai-je. Je n'ai pas de crocs.

— Arrêtez de mentir. Tous les vampires ont des crocs. Je ne suis pas stupide, vous savez.

— Vous êtes stupide si vous pensez que je suis un vampire.

— Ah oui ? Alors pourquoi l'argent a-t-il un tel effet sur vous ? Vous ne réagiriez pas ainsi si vous n'étiez pas un vampire.

— Je suis fatiguée parce que j'ai trop bu, et que je suis une maman. Essayez d'élever deux filles tout seul et on verra si ça ne vous fatigue pas un peu.

Il jeta un coup d'œil à sa montre avant de soupirer.

— Je reviens toute à l'heure. Je vais aller faire une petite partie de poker avant la grande révélation, il esquissa un sourire. J'ai hâte de savoir ce que tous nos invités penseront de vous une fois votre secret mis à nu. On fera de moi un héros, et le nom de Cal sera lavé par la même occasion.

– Cal n'est pas innocent. C'est un meurtrier, et vous vous êtes un sacré connard qui a un peu trop de temps à perdre. Pas étonnant que vous ne soyez pas marié. Je ne vois pas qui pourrait supporter vos conneries.

Ses joues rougirent brusquement.

Je n'étais normalement pas du genre à faire preuve de méchanceté gratuite, mais le Dr. Kramer n'avait rien d'humain. Il était maléfique.

CHAPITRE VINGT CINQ

J'éclatai en sanglots une fois seule dans cette chambre glaciale. Je n'étais normalement pas du genre à pleurer. Je n'en avais même pas le temps. Mais à présent que je me retrouvais là, prise au piège et enchaînée avec de l'argent, j'étais terrifiée.

La lune aurait-elle le moindre effet sur moi ? Cela n'avait jamais été le cas auparavant. Et comment diable avais-je pu ignorer que l'argent était nocif aux vampires ?

Khalan allait m'entendre une fois que je me tirerais de ce mauvais pas.

J'ouvris la bouche pour hurler mais ne parvins qu'à émettre un jappement rauque à peine audible. Khalan pouvait-il m'entendre ? Lorsque j'avais besoin de lui, il me suffisait normalement de fermer les yeux pour qu'il sente ma douleur et vienne me trouver.

Je fermai les paupières en tentant de me concentrer sur lui.

Khalan, Khalan, Khalan.

J'ouvris les yeux en m'attendant presque à le trouver face à moi.

Mais la pièce était vide.

Personne ne viendrait me sauver. Il allait falloir que je me sorte de ce cauchemar tout seule.

Je tentai d'arracher mon bras à la chaîne en argent et concentrai toute ma force sur cette seule et unique tâche. Je bougeai d'un centimètre à peine. La chaîne ne tinta même pas.

Je fixai le plafond, à mi-chemin entre la terreur et la fatigue et avec la désagréable impression que j'étais sur le point de faire une crise cardiaque.

Qui prendrait soin de mes filles une fois que je ne serais plus là ? Miles était bien trop occupé à redorer son image et à courir après les femmes pour être un père dévoué à temps plein. J'avais été condamnée à grandir dans un orphelinat lorsque mes parents avaient été tués dans un incendie. Les filles n'avaient donc pas de grands-parents. Le père de Miles était décédé des années plus tôt, et sa mère me haïssait. Elle avait toujours été convaincue que Miles aurait pu trouver mieux et elle avait coupé les ponts avec nous après notre mariage. Aux dernières nouvelles, elle était partie s'installer en Italie avec son amant richissime.

Les larmes me montèrent aux yeux alors qu'une vague de douleur semblable à un couteau aiguisé m'écorchait le cœur.

Je n'étais pas encore prête à quitter mes filles. J'en étais incapable. Je m'étais trop battue, et j'en avais trop fait pour abandonner maintenant.

La porte s'ouvrit brusquement et je me tournai. Jack se tenait dans son encadrement, et il écarquilla les yeux lorsqu'il me vit.

– Mais qu'est-ce que…, il jeta un coup d'œil derrière lui avant de fermer la porte rapidement.

– Oh, Jack. Dieu merci, je soupirai de soulagement. Je t'en prie, aide-moi. Je peux pas bouger avec tout cet argent. Le Dr. Kramer m'a enfermée ici parce qu'il est convaincu que la pleine lune va me priver de mes pouvoirs et révéler ma nature à tout le monde.

– Ça fait mal ? il effleura la chaîne en argent qui enserrait mon poignet du bout des doigts.

– Non. Mais ça draine mon énergie, je suis crevée.

Une larme échappa à mes yeux et dévala mon visage.

Il l'essuya.

– Alors l'argent ne te fait pas mal ? C'est bizarre, j'aurais pensé que si.

– Enlève-moi ces chaînes, je t'en prie.

Son expression changea.

– Je le ferai, mais d'abord, tu me dois un baiser.

Il plaqua les mains de chaque côté de ma tête et se pencha au-dessus de moi pour presser ses lèvres contre les miennes.

Ce baiser était semblable au premier que nous avions échangé, à l'exception qu'il me sembla cette fois plus empressé et agressif. Je ne me sentais pas désirée. Son geste ne m'inspira qu'une peur profonde, et la désagréable impression d'être prise au piège.

Je tentai de tourner la tête pour mettre un terme à ce baiser, mais j'étais trop faible.

– Jack…

Je ne pus en dire plus. Il me fit taire en fourrant sa langue dans ma bouche.

Toute forme d'attirance que j'avais pu ressentir envers lui par le passé fut aussitôt remplacée par un sentiment de répulsion et de peur.

Il s'éloigna enfin suffisamment pour que je puisse le regarder dans les yeux.

– Jack, pourquoi est-ce que tes yeux sont comme ça ? ses iris étaient d'un jaune lumineux. C'était le regard d'un monstre.

– Je ne vois pas de quoi tu parles. Tout ce que je sais, c'est que je veux être en toi maintenant, il glissa les mains sous ma robe et le long de mes cuisses qu'il caressa brièvement avant de tenter de défaire sa ceinture.

– Non, dis-je en tentant de me libérer. Dégage espèce d'enfoiré.

La porte s'ouvrit soudain.

Un rugissement féroce fit trembler le bateau. J'ignorais s'il s'agissait du fruit de mon imagination ou s'il était bien réel. Jack ne sembla cependant pas s'en inquiéter. Il essayait encore de défaire sa ceinture. Je me tournai vers la porte et vit Khalan, l'air prêt à tuer.

– Éloigne-toi d'elle, rugit-il avant de se précipiter vers le lit.

Il attrapa Jack par la chemise et le jeta à travers la pièce. Le loup-garou s'écrasa contre le mur brutalement avant de glisser jusqu'au sol. Khalan n'attendit pas qu'il se relève pour surenchérir. Il lui agrippa le col et lui asséna un violent coup de poing. Du sang gicla du nez cassé de Jack et alla tâcher sa chemise blanche.

– Khalan, arrête, parvins-je à soupirer. Je doutai qu'il m'ait entendue, incapable de freiner ma chute vers une abysse dont je ne pourrais revenir.

– Rachel, Khalan lâcha Jack qui retomba par terre aussitôt. Il courut jusqu'au lit. Ça va ?

– Ça ira mieux si tu m'enlèves tout cet argent, dis-je sans pouvoir retenir les larmes qui dévalaient mon visage. Je n'avais jamais été si heureuse de voir quiconque auparavant.

– Attends, il prit un oreiller duquel il arracha la taie. Il enroula ses mains à l'intérieur avant de saisir les chaînes en argent.

Il les souleva doucement et les jeta par terre et libéra enfin mes mains.

– Tu devrais fermer la porte. Je ne veux pas qu'on me voie comme ça et qu'on vienne me poser des questions, je tentai de m'asseoir mais étais trop faible pour y parvenir.

Khalan prit Jack par la nuque et le jeta hors de la pièce et sur le pont.

– Si tu oses même la regarder à nouveau, je te tue.

Il claqua la porte avant de la verrouiller.

Son regard rencontra la mien à l'autre bout de la pièce. Je tentai de me redresser, mais mon corps tremblant fut incapable de soutenir mon poids. Il enroula la taie autour de ses mains à nouveau pour défaire les chaînes qui liaient mes chevilles.

Il les jeta dans un coin de la pièce avant de venir s'asseoir sur le lit à mes côtés. Il éloigna les mèches de cheveux qui me tombaient devant les yeux.

– T'es sûre que ça va ?

– Je suis juste un peu faible.

Ces mots traversèrent mes lèvres, tremblants et incertains. Ils étaient le reflet même de mon état psychologiques.

– Khalan, ne me laisse pas.

Sa surprise était évidente dans son regard.

– Je ne te laisserai jamais, il caressa ma joue.

Je fondis contre son toucher. J'eus juste assez de force pour poser la main sur sa cuisse.

– Je savais que Jack était un salaud, mais je n'aurais jamais imaginé qu'il irait jusqu'à t'enchaîner pour profiter de toi, grogna Khalan.

– Ce n'est pas lui qui m'a enchaînée. C'est le Dr. Kramer.

– Il a fait quoi ? Khalan me regardait, l'air ahuri.

– Il m'a dit qu'il savait que j'étais un vampire. Et comme la pleine lune est ce soir, il voulait m'enchaîner pour me forcer à montrer ma vraie nature à tout le monde. Il voulait se servir de ça pour faire disculper Cal du meurtre de cette étudiante.

– Mais quel connard, Khalan se leva. Je vais aller lui régler son compte une bonne fois pour toutes.

– Attends, ne me laisse pas, je tendis la main vers lui.

Son expression s'adoucit alors qu'il se rasseyait sur le lit.

– Il faut que tu te reposes. Tu dois reprendre des forces.

– Je veux m'asseoir.

Il me prit dans ses bras et me redressa doucement. Son odeur me serra le cœur et j'enfouis le visage dans sa chemise en plaquant les mains contre son torse puissant.

– Je vais mettre du maquillage partout sur ton costume.

Il rit.

– Je m'en fiche, je l'ai emprunté de toute façon.

– Emprunté ? J'ignorais que tu avais des amis à Charming.

– Je n'en ai pas. J'ai juste hypnotisé un type pour qu'il me file le sien, il haussa les épaules. Je crois que c'était le participant numéro quatorze de cette soirée.

– Bizarrement, je ne trouve pas la moindre réplique sarcastique à ça. Je suis vraiment contente que tu sois là, Khalan.

Je levai la tête pour le regarder.

Ses yeux trouvèrent les miens, sombres et dangereux. Il semblait sonder mon âme.

– Je ne savais pas que l'argent aurait un tel effet sur moi.

– Normalement il n'en a aucun. À moins qu'on te poignarde avec, il regarda les chaînes. J'ai senti quelque chose d'étrange sur le métal. Une odeur bizarre que je n'avais plus sentie depuis des siècles.

– Tu sais ce que c'est ?

– Je l'ai sur le bout de la langue mais je n'arrive pas à retrouver ce que c'est. Je crois qu'ils frottaient le métal avec pour affaiblir les vampires.

– Est-ce qu'il existe un liquide qui ferait ça ? je commençais déjà à retrouver mon énergie, mais je n'étais pas encore tout à fait prête à quitter les bras de Khalan.

– Pas un liquide mais…, il se figea en regardant la porte.

– Quoi ?

– Il faut que je retrouve Jack. Je crois qu'il a peut-être quelque chose à voir avec ce que le Dr. Kramer t'a fait.

– Mais…

– Mais rien, Rachel. Il aurait pu te violer.

Je frissonnai contre lui et j'enfouis mon visage dans son cou à nouveau. Je n'avais aucune envie de songer à cela.

Il m'enlaça avec force et déposa un baiser sur mon front.

– J'aimerais beaucoup rester comme ça avec toi mais il faut que j'aille m'occuper de Jack.

– Et qu'est-ce qu'on fait pour Kramer ? C'est une menace lui aussi, je le regardai.

Il prit mon visage en coupe.

– Le Dr. Kramer est fou. Tout le monde le sait. Personne ne croira ce qu'il raconte, d'autant plus s'il dit que tu es un vampire, il effleura mes lèvres à l'aide de son pouce.

L'attirance que j'avais autrefois pu ressentir envers Jack n'était rien comparée à ce que je ressentais pour Khalan. Je savais sans l'ombre d'un doute que dans des circonstances différentes, je me serais débarrassée de mes vêtements et aurais fait l'amour avec lui ici même, sur ce lit. Et à en juger par le grognement qui traversa ses lèvres et la façon dont son regard avait noirci, il ressentait la même chose.

– Ce n'est pas terminé. Ce truc qu'il y a, entre toi et moi, il se leva.

– J'espère bien que non. J'en ai assez d'attendre, il me prit la main et m'attira à côté de lui.

– Tu n'aurais pas dû mettre cette robe ce soir.

Mon cœur se brisa.

– Elle m'a coûté cher, tu sais. Je voulais être belle ce soir. Me sentir désirée, même si ce n'était que le temps d'une nuit, je me levai et me tournai vers la porte mais il me prit par la taille pour m'attirer contre lui.

– Ce n'est pas ce que je voulais dire, me murmura-t-il à l'oreille.

Je frissonnai sous son toucher et mes paupières se fermèrent malgré moi.

– Qu'est-ce que tu voulais dire alors ? ma voix était rauque.

– Tu n'aurais pas dû mettre cette robe ce soir parce que tout le monde veut te mettre dans son lit depuis que tu es arrivée, hommes et femmes.

– Tu es le seul à y être arrivé.

Mon cœur battait à tout rompre dans ma poitrine, mais cette fois plus de peur. J'étais ivre de désir.

Il me força à lui faire face et glissa l'une de ses mains dans mon dos pour me presser contre lui. J'étouffai un gémissement en sentant son érection effleurer mon ventre.

– Comme je te l'ai dit, on en a pas encore fini toi et moi, il plaqua ses lèvres contre les miennes que j'entrouvris aussitôt. Sa langue vint trouver la mienne et je m'abandonnai à lui, les bras enroulés autour de son cou alors que je le laissais prendre possession de moi comme jamais personne ne l'avait fait auparavant.

Il me souleva. J'aurais tant aimé pouvoir enrouler les jambes autour de sa taille, mais ma robe était trop moulante pour ça.

Il mit un terme à notre baiser à contre cœur. Je grognai ma protestation.

– Il faut que tu boives mon sang pour reprendre des forces, il se mordit le poignet qu'il me tendit.

Je fus incapable de protester. Je plaquai les lèvres sur sa chair et le goût délectable de son sang emplit bientôt ma bouche. Je gémis presque malgré moi. De ma main libre, j'allai effleurer son érection.

– Oh putain, gémit-il.

Ni l'un ni l'autre ne voulions quitter cette pièce. Nous aurions sans doute tous deux préférés rester là, enfermés loin du monde, et faire l'amour.

J'arrachai enfin mes lèvres de son poignet et léchai les marques de morsure que j'y trouvai. Il baissa la tête pour me voler un baiser presque tendre.

– Tu es renversante ce soir, murmura-t-il.

– Merci, t'es plutôt pas mal non plus.

Il me répondit d'un rictus satisfait qui m'aurait sans doute mise à genoux si nous nous étions trouvés dans ma chambre.

– Qu'est-ce qu'on va faire ? je regardai la porte.

– Toi tu retournes à la salle de jeux. Essaie de faire semblant de t'amuser. Quand le Dr. Kramer te verra, il saura que tu n'es pas un vampire.

– Et toi ?

– Je vais aller chercher Jack, grogna-t-il.

– Fais gaffe à toi. Il connaît notre point faible, dis-je dans un sourire triste.

– Je serai prudent, il embrassa ma paume.

Ma main dans la sienne, il déverrouilla la porte qu'il ouvrit avant de jeter un œil à l'extérieur. Lorsqu'il fut certain que nous ne courions pas le moindre danger, il me laissa sortir.

Enfin, il m'escorta jusqu'à la salle de jeux avant de me quitter pour aller chercher Jack.

CHAPITRE VINGT SIX

Le sang de Khalan m'avait donné une telle énergie que j'avais l'impression d'être invincible. Je balayai la pièce du regard mais n'y trouvai pas le moindre signe du Dr. Kramer, ni de Jack. À contre cœur, je me laissai tomber sur un siège à l'une des tables de black jack.

– Souhaitez-vous acheter quelques jetons ? la jeune croupière me sourit.

– Bien sûr, j'ouvris ma pochette et en tirai un billet de cent dollars. Je n'avais jamais vraiment aimé les jeux d'argent. Je préférais l'investir dans des choses bien tangibles.

Elle me sourit avant de faire glisser des jetons colorés vers moi.

– Vous aimez le black jack ? l'homme d'âge mûr assis à ma droite sourit.

Il devait avoir la cinquantaine bien tassée, avec des cheveux poivre-et-sel et un joli sourire. On aurait dit le grand-père de quelqu'un.

– Je n'ai jamais vraiment aimé parier.

– Pourtant vous êtes là ce soir.

– Je suis plus venue pour les célibataires.

– Mais les relations amoureuses ne sont-elles pas un pari en soi ? On ne sait jamais sur qui on va tomber. À en croire les statistiques, il y a presque cinquante pourcents de chance pour que l'un des passagers soit un criminel, un violeur ou un tueur en série.

Je me tournai vers lui, les yeux écarquillés.

– Arrête, George. Tu fais peur à notre jeune invitée, intervint la femme âgée assise à ma gauche en me tapotant le bras. Elle portait une robe noire à sequins et était couverte de diamants. Elle ajusta son bracelet rivière avant de prendre les cartes que nous tendait la croupière. Ne vous occupez pas de lui. George est un flic à la retraite.

– C'est vrai ? je me tournai vers lui.

– Je plaide coupable. Ma femme m'a quitté il y a dix ans en disant que c'était mon travail que j'avais épousé, et pas elle. Et maintenant que je suis retraité et que je touche un joli petit pactole, je cherche quelqu'un avec qui partager le reste de ma vie, il jeta un coup d'œil à ses cartes. Et vous, c'est quoi votre histoire ?

– Je suis divorcée avec deux filles, je pris mes cartes pour examiner ma main.

– Un travail ?

– Pas vraiment, même si le fait d'être maman est un emploi à temps plein à mes yeux.

– Votre divorce a dû être lucratif, intervint ma voisine en me lançant un clin d'œil. Mais c'est ça, la clé du succès. Quand un homme trompe, il doit payer. Je m'appelle Edna, au fait.

– Comment tu sais que c'est elle qui a voulu divorcer ? grogna George. Selon les statistiques…

– Oh, mets-les toi là où je pense tes statistiques, rit Edna. Regarde-la donc un peu. Qui serait assez fou pour se séparer d'une femme comme ça ?

George quitta ses cartes des yeux pour me regarder.

– Vous l'avez trompé ?

– Mais bien sûr que non, je le fusillai du regard.

– Alors vous le battiez ?

– J'aurais bien aimé, rétorquai-je.

– Ah, je sais ! Vous êtes lesbienne, suggéra George.

– Non, je grinçai des dents et demandai une nouvelle carte à la croupière. Je soupirai en constatant que j'avais perdu cette partie.

– Tu vois, j'avais raison, George. Je sais reconnaître la qualité quand j'en vois, Edna acquiesça d'un air appréciateur. Même si nous aurions sans doute été rivales quand j'étais plus jeune.

– Je n'en doute pas, je souris en réponse à son compliment. Que faites-vous dans la vie, Edna ?

– Moi ? J'épouse des hommes riches. C'est ce que j'ai toujours fait. J'ai survécu à trois maris et maintenant je cherche le numéro quatre. C'est pour ça que je suis là.

– Et qui serait assez idiot pour sortir avec toi en sachant que tu es juste après son argent ? intervint George, l'air blasé.

– On ne me résiste pas longtemps quand on voit mon compte en banque. Mais je cherche vraiment l'amour, cette fois.

– Et comment pourrez-vous savoir si cet homme vous aime vraiment ou s'intéresse uniquement à *votre* argent ? je la regardai. L'idée que quelqu'un puisse épouser Edna pour s'enrichir m'inquiétait.

– Vous savez ma belle, l'amour ce n'est pas les diamants et les belles voitures. Non, l'amour c'est de prendre soin de l'autre quand il est malade, de le chérir dans ses pires moments et de se battre pour lui quand il en est incapable. Si vous trouvez un homme qui vous traite comme ça, gardez-le, Edna me fit un clin d'œil avant de révéler ses cartes, un parfait vingt-et-un.

– Merci pour le conseil, je pris le reste de mes jetons et me levai.

– Vous partez déjà ? me demanda George, l'air déçu.

– Oui, je ne suis pas franchement douée pour le black jack.

– Vous devriez aller tenter votre chance à la roulette, George me salua en levant son verre.

CHAPITRE VINGT SEPT

Je repérai la table de roulette et me frayai un chemin vers elle à travers la foule.

– Tu ne me dis même pas bonsoir ? Miles m'attrapa par le coude.

Je le fusillai du regard.

– Bonsoir, Miles. Je ne t'avais pas vu.

J'avais été bien trop occupée à être enchaînée à un lit pour le remarquer.

Il me lâcha et laissa son regard arpenter mes courbes.

Je grimaçai.

– T'es jolie, il se força à sourire.

– Je suis renversante. Tu ne veux pas l'admettre, c'est tout, je lui lançai un sourire méprisant en prenant une flûte de champagne sur le plateau d'un serveur qui passait par là. Je bus une gorgée en ignorant Miles ouvertement.

– Tu as raison. Tu es très belle, admit Miles. Il balaya la pièce du regard avant de retrouver le mien. Je dirais même qu'on est le plus beau couple de la soirée.

– Ce que tu peux être égocentrique. Tu n'as pas vu les autres hommes sur ce bateau ?

– Si, et la moitié ont déjà un pied dans la tombe, il ricana.

– Rachel ?

Je me tournai en entendant la voix du Dr. Kramer.

Je lançai un regard noir au monstre de mes cauchemars.

– Qu'est-ce que… ? Mais c'est impossible… bégaya-t-il.

– Pardon, mais qu'est-ce qui est impossible ? Pourriez-vous être plus clair ? je haussai un sourcil.

– L'argent devait vous affaiblir, il secoua la tête, les yeux écarquillés. Vous devriez être en train de vous transformer maintenant.

– Rachel, c'est qui ce type ? me demanda Miles en se rapprochant de moi. Je ne comprends rien à ce qu'il raconte.

– Moi non plus, admis-je.

Le Dr. Kramer se tourna brusquement vers Miles.

– Miles Jones ?

– *Docteur* Miles Jones pour vous, le corrigea Miles en vidant son verre de bourbon d'une traite avant de faire signe au serveur de lui en apporter un autre. Qui êtes-vous ?

– Le Dr. Kramer, il lui serra la main vigoureusement. Je ne comprends pas pourquoi la lune et l'argent ne vous font pas le moindre effet, répéta-t-il en se tournant vers moi.

– Vous êtes quel genre de médecin exactement ? lui demanda Miles en penchant la tête.

– C'est le psychiatre de Cal.

– Ah bah voilà maintenant je comprends, ricana Miles.

Le Dr. Kramer fit un pas vers lui.

– Vous rirez moins quand j'aurai montré au monde quel genre de monstre elle est.

– Mais qu'est-ce que vous racontez ?

– C'est un succube, une créature de légende. Un vampire, hurla le Dr. Kramer.

Mon estomac se noua et j'oubliai un instant comment respirer. Presque comme si sa remarque avait aspiré tous les sons de la pièce, le silence se fit soudain.

Tous se tournèrent vers nous pour nous regarder.

Miles regarda le Dr. Kramer, puis moi.

– Un vampire ? il prit le verre que lui avait apporté le serveur et y but une gorgée. C'est vrai qu'elle m'a dépouillé dans le divorce. On pourrait même dire qu'elle m'a privé de ma force vitale, rit-il.

– C'est faux. Tu étais d'accord avec tout, et puis je te signale que tu conduis encore une voiture de luxe et que tu vis dans un appartement avec terrasse.

Un sourire fendit ses lèvres.

– Ah, j'allais justement t'en parler. J'ai acheté un terrain pour y faire construire une nouvelle maison. Un truc assez moderne.

– Quoi ? je n'avais jamais tant voulu étrangler quelqu'un que Miles. Si tu peux t'offrir une nouvelle maison, je pense que tu peux aussi te permettre de rapporter ses clubs de golf à Arianna. Et de reprendre les paiements de la pension compensatoire, dis-je, le regard noir.

– Ne commence pas Rachel, soupira Miles.

Le Dr. Kramer se mit à sauter sur place.

– Non mais vous écoutez ce que je dis ?! J'ai dit que c'était un vampire. Mais regardez comme elle a l'air jeune pour son âge !

Edna approcha, l'air agacé.

– Ça s'appelle du Botox, espèce d'idiot. Et comment diable avez-vous réussi à monter sur ce bateau ? Cette soirée est réservée à l'élite du sud. Et à en juger par votre accent et costume, vous ne correspondez pas franchement à cette description.

Un éclat de rire traversa la foule. Je souris à Edna. Je l'adorais déjà.

Le Dr. Kramer tira un couteau de la poche de sa veste, et tous se turent aussitôt, terrifiés.

Il l'agita devant lui.

– Je peux le prouver. Je vais la couper. Elle sortira les crocs et se jettera sur moi.

– Beurk, vous rêvez là.

L'idée même de boire la moindre goutte du sang de ce fou me donnait la nausée comme de m'imaginer trouver un cafard dans mon paquet de chips.

– Écoutez, il faut que vous vous calmiez, Miles leva les mains pour tenter de l'apaiser. Il parlait d'une voix lente et basse, comme s'il s'adressait à un aliéné. Ce qu'il était d'ailleurs.

– Allez mon gars, range-moi ça, intervint Earl qui avait fait le voyage avec moi dans la limousine. Un faux sourire était collé à ses lèvres, mais il était évident que la situation le rendait nerveux.

Deux des gardes de sécurité pénétrèrent dans la pièce, le regard braqué sur nous. Je reculai, et le Dr. Kramer approcha.

– Hé, on se calme mon gars. Vous devriez ranger ça avant de blesser quelqu'un, intervint l'un des gardes de sécurité en nous rejoignant.

Le Dr. Kramer agita son couteau comme un fou.

– Vous me croirez quand je l'aurai égorgée. Vous comprendrez tous. La prophétie raconte qu'elle renaîtra à la pleine lune et qu'elle sera encore plus puissante. Vous verrez, vous me remercierez d'avoir fait ça, il se tourna brusquement et se jeta sur moi.

Je tentai de l'éviter mais je me pris les pieds dans le tapis et je m'écrasai par terre. Le Dr. Kramer s'agenouilla au-dessus de moi. Toutes les personnes présentes dans la pièce se mirent à hurler. J'entendis Miles crier qu'on m'aide, et je ne pus m'empêcher de remarquer que cette poule mouillée n'avait même pas levé le petit doigt pour le faire lui-même.

Typique.

Je tentai de repousser le docteur, mais il était trop lourd.

J'écarquillai les yeux alors qu'il portait son couteau à ma gorge.

Il se pencha vers moi.

– J'ai mis de l'aconit dans le champagne que tu viens de boire. Ça affaiblit les vampires, et ça les tue à petit feu. Donc une fois que je t'aurai égorgée, t'as plutôt intérêt à guérir vite si tu ne veux pas mourir. Tu n'auras pas le choix de sortir les crocs et de boire mon sang. Et une fois que t'auras fait ça, tout le monde saura ce que tu es, il pressa la lame du couteau contre ma chair. Je levai le bras pour l'arrêter.

La morsure métallique du couteau sur ma peau me fit hurler de douleur. Je me tendis en tenant mon bras.

Le Dr. Kramer leva son couteau à nouveau, visiblement prêt à m'égorger.

Le temps sembla s'arrêter.

Les cris qui raisonnaient à travers la pièce se mélangèrent pour ne former qu'un bruit suraiguë insupportable. Les femmes en robe de soirée quittèrent la pièce en courant tandis que les hommes hurlaient que quelqu'un appelle la police. L'odeur de poussière de la moquette sur laquelle j'étais allongée me rappela ma vieille maison d'enfance et je ressentis une peur que je n'avais jamais éprouvée auparavant. Les lumières qui planaient au-dessus de moi semblèrent s'estomper comme une éclipse solaire et je pris cela comme le signe que j'étais en train de mourir.

Une tristesse indescriptible me serra la gorge alors que je songeais à mes deux filles magnifiques… et à Khalan. Je n'aurais jamais la chance de leur dire adieu.

Des larmes brulantes dévalèrent le long de mes joues et je plongeai mon regard dans celui de l'homme maléfique qui était sur le point de m'égorger pour prouver à tous que j'étais un vampire. Il voulait avoir raison, quand bien même cela devait me tuer.

Quelle injustice.

Un rugissement primitif raisonna soudain à travers la pièce. Les lumières s'éteignirent et tout fut alors plongé dans les ombres. Je fermai les yeux en attendant que le Dr. Kramer m'égorge, que mon sang se répande sur ma robe hors de prix et s'infiltre dans la moquette du bateau. J'attendis que l'odeur de ma propre mort emplisse mes narines.

– Lâche-la, espèce de connard !

Je sentis soudain le Dr. Kramer s'éloigner tandis que des bruits de lutte raisonnaient à travers la pièce.

Quelqu'un me prit bientôt dans ses bras, me soulevant dans les airs. Je vis les lumières de Memphis étinceler au loin alors qu'on me portait sur le pont du bateau.

– Khalan ? dis-je en levant la tête pour le regarder.

– Ça va aller, je te le promets, ses yeux étaient ancrés dans les miens.

– Oh mon dieu ! Est-ce qu'elle est blessée ? demanda Gina en courant vers nous. Elle me prit la main. Il faut qu'elle voit un médecin.

– Alors appelez son ex-mari, lui ordonna Khalan.

Gina acquiesça en courant à l'intérieur et je regardai mon Créateur.

– Ton sang ne peut pas me guérir ?

– Si, mais ça paraîtrait bizarre. Il faut au moins que cet idiot te mette un pansement.

Je me blottis contre son torse.

– Khalan, je crois qu'il y avait de l'aconit sur ce couteau, et qu'il en avait mis dans mon verre. C'est ce que ce fou a dit, en tout cas.

Il écarquilla les yeux, horrifié.

– Merde.

– Est-ce que je vais mourir ?

– Non, mais tu vas te sentir mal un moment, il s'agenouilla sans me lâcher pour autant.

J'esquissai un sourire.

– Ça te rappelle rien ? C'est comme cette fois où tu m'as portée jusqu'à chez toi après que j'aie été décapitée.

– *Presque* décapitée, me corrigea-t-il.

Il éloigna les mèches de cheveux qui me tombaient devant le visage. Mais oui, t'as raison. Et tu es aussi bien habillée que la dernière fois.

Je laissai échapper un éclat de rire tremblant.

– Je portais rien d'autre qu'un gros nœud quand tu m'as vue la première fois.

– Je sais, il tenta de me lancer un sourire entendu mais la peur était évidente dans son regard.

– Je suis en train de mourir, hein ? j'effleurai sa joue du bout des doigts. Promets-moi quelque chose.

– Quoi ?

– Promets-moi que tu prendras soin de Gabby et d'Arianna.

– Rachel…

– Khalan, j'ai besoin de savoir que tu seras là pour elles quand je ne serai plus là.

– Arrête d'exagérer. Tu ne vas nulle part, il en est hors de question. Je ne laisserai rien t'arriver, sa voix se brisa et je devinai qu'il se forçait à faire preuve de courage.

– Je regrette tu sais.

– Tu regrettes quoi ? D'être devenue un vampire ?

– Non, de ne pas avoir été avec toi.

– Mais t'es toujours avec moi.

– Non, je regrette de ne pas avoir fait l'amour avec toi. J'ai vécu ma vie entière en m'inquiétant de ce que les autres pourraient dire de moi, et j'ai laissé cette crainte guider mes décisions. Je vivrais comme bon me semble si je pouvais revenir en arrière. Et je ferais ce qui me rend heureuse.

– Rachel, je ne vais pas te laisser mourir, il se pencha pour presser ses lèvres contre les miennes. Son baiser était doux et tendre, et ne ressemblait en rien à la personnalité de mon Créateur.

– Rachel ?

Miles s'agenouilla à côté de moi. Il se tourna vers Khalan.

– Il faut que vous soigniez son bras, lui ordonna le vampire.

– Mais il lui faut des points et je n'ai pas mon matériel avec moi.

– Il y a un kit de premiers secours dans la salle de commandes, il devrait y avoir ce qu'il faut à l'intérieur, dit Gina par-dessus l'épaule de Miles.

– Je vais aller voir, Miles lança un regard noir à Khalan avant de s'éloigner en courant.

– Comment elle va ? demanda Gina en regardant Khalan.

– Ça ira. Mais je ne veux voir aucun vautour approcher, rétorqua-t-il, le ton dur.

– Ne vous inquiétez pas, j'ai demandé à la sécurité de ne laisser personne approcher, le rassura Gina. Heureusement que vous étiez là, Mr...

– Astor. Khalan Astor.

– Oh, elle écarquilla les yeux. Et vous êtes de la même famille que...

– On a de la chance, j'ai de quoi faire des points, l'interrompit Miles en s'agenouillant à côté de moi. Il ouvrit le kit de premiers secours qu'il fouilla rapidement.

– Il faut l'allonger, dit-il en se tournant vers Khalan.

– Il en est hors de question. Vous la recoudrez tant qu'elle est dans mes bras. Je ne la lâche pas, rétorqua Khalan, le ton sévère.

– Mais...

– Mais rien, sale connard. Tu la recouds pendant que je la tiens, dit Khalan en me serrant plus fort encore. Miles fusilla Khalan du regard mais il acquiesça malgré tout et sortit une aiguille et du fil pour faire les points.

Je grimaçai.

– Regarde-moi, m'ordonna Khalan.

Je levai la tête pour croiser son regard et fus aussitôt prise au piège de ses yeux sombres. Il effleura ma joue du dos de la main.

Je sifflai en réponse à la morsure de l'aiguille.

– Doucement, grogna Khalan.

– Pardon mais je n'ai rien pour anesthésier la zone, répondit Miles.

– Ce n'est rien, continue, dis-je. Mon regard resta ancré dans celui de Khalan tandis que je tendais mon bras à Miles sans bouger.

Khalan sembla partager ma douleur alors que l'on me recousait. Assez étrangement, je ne me sentais pas plus forte. J'étais encore faible, sans doute à cause de l'aconit.

– J'ai fini, Miles coupa le fil. Mais il va falloir l'emmener aux urgences pour qu'on lui fasse une piqûre antitétanique.

– Je l'y emmènerai dès qu'on sera de retour au quai.

– Je demanderai à ce qu'une ambulance vienne nous chercher, proposa Gina.

– J'ai dit que je l'emmènerai moi-même. Je ne veux la confier à personne d'autre, grogna Khalan.

– Pardon, mais est-ce que vous connaissez seulement ma femme ? lui siffla Miles.

– *Ex*-femme, le corrigeai-je.

Miles releva le menton, provocateur.

– Je connais très bien Rachel. D'ailleurs, on s'est déjà rencontrés, toi et moi, mais tu devais être trop absorbé par ta petite personne pour me remarquer. T'as bien l'air d'être ce genre de mec, ricana Khalan.

– Et je suis quel genre de mec, selon vous ? s'enquit Miles.

– Le genre qui ne s'intéresse à personne d'autre qu'à lui-même. Le genre qui n'a même pas pensé à protéger Rachel quand ce connard s'est jeté sur elle avec un couteau. Le genre qui mériterait bien qu'on le renvoie tout droit à Charming d'un bon coup de pied au cul, le regard de Khalan brillait de colère.

Gina ricana en tapotant le dos de Khalan.

— Je ne sais pas qui vous êtes monsieur, mais je dois dire que je suis heureuse que vous soyez là, elle se tourna vers Miles. Tu peux y aller, on n'a plus besoin de toi ici.

Miles la fusilla du regard avant de s'éloigner d'un pas furieux, son égo visiblement blessé.

Gina me fit un clin d'œil.

— On dirait que tu as trouvé le bon, Rachel.

Elle me sourit et se leva pour aller rassurer le reste des invités et leur expliquer que le problème avait été réglé.

— Comment tu te sens ?

— J'ai la tête qui tourne, dis-je en posant une main sur mon ventre.

— C'est l'aconit. Mon sang devrait bientôt dissiper ses effets.

— Je ne crois pas que ce soit pour ça,

Khalan me souleva et me porta à l'intérieur où il me fit asseoir non loin d'une fenêtre. Je sentis le regard de tous se fixer sur moi tandis qu'il traversait la pièce.

— Tout le monde nous regarde.

— C'est plutôt toi qu'ils regardent, sa mâchoire se contracta. Tous les hommes présents sur ce bateau rêvent de te mettre dans leur lit.

Je me blottis contre lui.

— Tous les hommes ? mon cœur s'était affolé dans ma poitrine.

Il s'arrêta et me posa délicatement sur une banquette. Il s'agenouilla à mes pieds en lissant ma robe, et son regard trouva bientôt le mien.

— Oui.

— Khalan ?

Ses pupilles se dilatèrent tandis qu'il posait les mains de chaque côté de mes cuisses. Il se pencha vers moi, et je crus défaillir en songeant à ce qu'il était sur le point de faire.

Je plongeai mon regard dans le sien. Ses yeux étaient sombres et dangereux, et je me surpris à vouloir être seule avec lui.

– Oui Rachel, tous les hommes, ses lèvres étaient à quelques millimètres à peine des miennes, mais il ne m'embrassa pourtant pas.

Ma vie entière, je m'étais échinée à faire ce qui était juste. Les familles d'accueil et l'orphelinat m'avaient appris à me taire et à baisser les yeux. J'avais laissé Miles faire de moi la parfaite petite ménagère, qui soutenait son mari envers et contre tout. J'avais étouffé ma peine et mes désirs sous un masque de bonheur chaque fois que je sortais avec mes amies. Je m'étais efforcée de préserver les apparences pendant des années pour que l'on ne parle pas de moi, on qu'on veuille être mon ami.

Mais au bout du compte, cela n'avait pas suffi à empêcher Miles de me tromper, ou ma meilleure amie de me trahir. Et cela ne m'avait pas non plus rendue plus heureuse.

Je sentais tous les regards fixés sur moi à travers la pièce. Je sentais le désir de certains, et la haine d'autres.

Je n'étais à leurs yeux qu'une femme bafouée qui avait peut-être même mérité d'être trompée. Pour ce que j'en savais, certains étaient même secrètement soulagés que ce soit moi, qui ait traversé cet enfer. Ils n'étaient pas rare que les gens se disent qu'*au moins, ce n'est pas à moi que ça arrive.*

Mais à cet instant, la foule ne comptait pas. Elle se dissipa pour ne laisser place qu'à Khalan et moi, seuls dans cette pièce et sur ce bateau. Plus rien n'existait à cet instant outre son odeur et son souffle chaud qui chatouillait mes lèvres.

Il n'y avait que lui, et moi.

Je levai la main pour effleurer sa joue. Il fondit contre ma paume.

– Tu sais qu'on nous regarde ?

– Ah oui, qui ça ? je caressai sa peau tendrement.

– Rachel, sa voix était un avertissement profond qui ne fit qu'attiser mon désir pour lui. Les gens vont parler.

– Je m'en fous, et j'étais sincère. J'ai envie de toi.

Il grogna et se pencha vers moi pour poser ses lèvres sur les miennes.

J'entrouvris la bouche et sa langue vint prendre possession de la mienne avec une passion qui m'était encore inconnue. Je passai les bras autour de son cou pour l'attirer plus près de moi.

Il pressa son corps contre le mien et je sentis son désir se dresser contre mon ventre.

J'aurais voulu pouvoir écarter les cuisses, mais cette fichue robe était trop moulante pour me le permettre.

Il mit un terme à notre baiser et je gémis de protestation.

– Ce que je veux te faire n'est pas à partager avec les regards des curieux, dit-il dans un murmure.

– Quoi que ce soit, j'en ai terriblement envie, je tentai de lui voler un autre baiser, mais il me repoussa en prenant ma main qu'il embrassa.

– N'oublie pas que tu es sensée avoir mal au bras, il me lança un regard lourd de sens.

Je soupirai.

– Et on est presque à quai, on va pouvoir descendre.

Il se leva et se pencha pour me prendre dans ses bras.

– Vous êtes sûrs que vous ne préféreriez pas qu'une ambulance vienne…, intervint Gina en se précipitant vers nous.

– Certain, grogna Khalan.

Gina se tourna vers moi.

– Je suis terriblement désolée Rachel. Je sais que cette

soirée n'a pas franchement été à la hauteur de ce que je t'avais promis.

– Non, c'était encore mieux, je souris en me blottissant contre le torse puissant de Khalan.

Gina rougit en détournant le regard.

– Il faut que j'aille chercher mon mari pour rentrer.

Khalan traversa la pièce à grandes enjambées. La foule s'écarta pour le laisser passer. Je fermai les yeux, me fichant de ce que les commères du coin iraient dire au petit matin tant que nous pouvions passer le reste de la soirée seuls.

– La passerelle est installée, monsieur.

J'ouvris les yeux.

– Merci, Khalan acquiesça en entamant sa descente vers le continent. Nous atteignîmes bientôt la terre ferme, la police nous attendant en bas.

– Comment va-t-elle ? demanda l'un des policiers.

– Ça va, dit Khalan sans s'arrêter.

Je regardai la police monter sur le bateau par-dessus son épaule. Les invités semblaient nous avoir rapidement oubliés, trop fascinés par ces nouveaux arrivants. Tant mieux.

– On est presque à la voiture. J'ai dû me garer à l'autre bout du parking comme je suis arrivé en retard, Khalan me lança un coup d'œil.

– Je peux marcher, tu sais.

– Non, je te porte.

Il s'arrêta bientôt.

Je me tournai pour regarder la superbe voiture de sport blanche garée non loin de là.

– C'est la tienne ?

Il ne me quitta pas des yeux.

– Je pouvais pas franchement venir en Harley.

Je souris.

– Si, mais tu aurais froissé ton costume, je caressai doucement sa chemise. Il est superbe, d'ailleurs.

– Merci, il me posa doucement, sa main remontant le long de ma cuisse pour aller trouver ma taille. Il baissa la tête, les sourcils froncés. Ta robe est tâchée de sang.

– Super, soupirai-je. Quel gâchis. Elle m'a coûté une fortune.

– Mais ça valait le coup. Tu avais l'air d'une déesse ce soir. Elle a su mettre en valeur ta force et ta beauté. C'était un bon investissement.

Je m'humectai les lèvres.

– Ne fais pas ça, sa voix était épaisse et rauque.

– Faire quoi ? dis-je, troublée.

– Ce truc avec ta langue. Ça me donne envie de te faire des choses qu'on ne devrait pas faire en public, il se pencha pour mordiller mon cou.

Je gémis. J'en voulais tellement plus.

– Arrête, haletai-je en posant la main sur son torse pour le repousser. Le muscle bandé que je sentis sous mes doigts manqua de me faire défaillir.

– Ne faites pas ça, elle vous a ensorcelé !

Mes cheveux se dressèrent sur ma nuque et je tournai brusquement le tête pour trouver le Dr. Kramer dans notre dos, couvert de sang et d'ecchymoses, mais bien là malgré tout.

– Mais, et la police… ? Ils vous ont laissé partir ?

Je reculai et me blottis contre Khalan qui me prit par la taille et me poussa doucement derrière lui pour me protéger de ce fou furieux.

– Ils ne m'ont pas trouvé, rétorqua Kramer, le regard noir. Vous pensiez vraiment que j'allais vous laisser vous en tirer comme ça en sachant ce que vous êtes ? Vous pensiez vraiment que vous ne seriez pas punie pour vos crimes alors que vous êtes une meurtrière ?

– Je ne suis pas une meurtrière espèce de taré ! hurlai-je dans le silence de la nuit.

– Personne ne vous entendra ici. Ils sont tous bien trop occupés par ce qui se passe sur le bateau. Sans parler des sirènes qui noieront vos cris.

– Rachel, monte dans la voiture, m'ordonna Khalan d'une voix glaciale.

– Pardon ? Il est hors de question que je te laisse là avec ce fou, dis-je en m'agrippant à sa manche.

– Je t'ai dit de monter dans cette putain de voiture, grogna Khalan. Je vais m'occuper de lui une bonne fois pour toutes.

– Et bien je vois que vous avez hypnotisé un autre malheureux pour le forcer à faire votre sale travail, le regard du Dr. Kramer était animé par une détermination profonde. Il plongea la main à l'intérieur de sa veste de costume en lambeaux de laquelle il tira une croix. Je vais vous renvoyer au fond de l'Enfer duquel vous êtes sortie.

– C'est avec mon ex-mari que je vivais un enfer, alors non merci mais il est hors de question que j'y retourne, je le fusillai du regard et me penchai au-dessus de l'épaule de Khalan. Est-ce qu'il sait que les croix ne nous font rien ?

– Non, parce que c'est un con. Un kamikaze. Et j'en ai ma claque, Khalan me lança un coup d'œil. Monte dans la voiture.

– Non, je croisai les bras. Si tu te bats avec Van Helsing, ce sera avec moi.

– Le Dr. Kramer n'est pas celui qu'il prétend être, intervint Jack en sortant des ombres. Il s'était débarrassé de sa veste et sa chemise blanche était couverte de sang.

– Jack ! Comment est-ce que le Dr. Kramer est arrivé à quitter le bateau ? Je pensais que tu te chargerais de lui, dis-je en fronçant les sourcils.

– Ça s'était avant qu'il me tire dessus avec ça, répondit Jack en nous montrant une balle en argent. Je l'ai extraite avant qu'elle ne m'empoisonne.

– Donc il sait…

– Il sait que je suis un loup-garou, admit Jack. Il a vu mes yeux changer de couleur sous la pleine lune. Ils étaient devenus jaunes.

– Et ça veut dire quoi les yeux jaunes ?

– Qu'il a soif de sang, rétorqua Khalan.

– Donc maintenant il va te tuer toi aussi, soupirai-je.

Les habitants de Charming n'apprendraient-ils donc jamais à se taire ?

– J'en doute, répondit Jack, le sourire sombre. Il ne toucherait pas à l'un des siens.

– Attends, quoi ? je regardai Jack, puis le Dr. Kramer.

– Et oui, je suis un loup-garou. J'ai passé ma vie entière à me battre contre les gens de votre espèce. Les vampires m'ont tout pris, et il est hors de question que je continue à subir sans rien dire.

– Et que vous ont pris les vampires exactement ?

Je me demandai si l'un d'eux avait vidé de sang son chien ou son hamster.

– Oh ferme-là, Kramer. Personne ne veut écouter un vieux loup aigri radoter, intervint Jack. Il baissa la tête pour regarder sa chemise tâchée de sang. Je vais jamais réussir à la ravoir.

– J'aurai ma vengeance. Je vengerai la mort de Samantha quoi qu'il m'en coûte.

– C'est qui cette Samantha au juste ? demanda Jack, les sourcils froncés.

– La fille que Cal a butée, répondit Khalan.

– Faites votre travail, dans ce cas. C'est Cal qui l'a tuée, je ne vois pas pourquoi vous le protégez.

J'aurais voulu pouvoir être exaspérée mais il y avait quelque chose dans le regard du Dr. Kramer qui me faisait trembler de peur.

– Samantha m'appartenait, dit le Dr. Kramer en sortant un pieux en bois.

– Elle vous appartenait ? je grimaçai. Vous étiez pas un peu vieux pour elle... ?

– Ferme ta putain de gueule, me hurla Kramer. Elle était mienne jusqu'à ce que Cal me l'enlève. Il ne s'en serait jamais pris à elle s'il n'avait pas été hypnotisé !

– Mais quel con. Samantha t'a utilisé comme elle a utilisé Cal. Elle était après votre argent, rien de plus, Khalan secoua la tête. C'était une sugar baby et comme Cal payait plus facilement, c'est lui qu'elle voyait plus souvent. Ça t'a mis de travers et maintenant tu cherches quelqu'un sur qui remettre la faute pour tes problèmes. Tu devrais peut-être arrêter les caprices pour devenir un homme.

– C'est quoi une sugar baby ? demandai-je, les sourcils froncés.

– Une femme qui se fait payer pour des faveurs, rétorqua Khalan sans lâcher le Dr. Kramer du regard.

– Je pensais qu'on appelait ça une prostituée, dis-je, perdue.

– Les faveurs en question ne sont pas toujours sexuelles. Parfois il suffit d'accompagner l'autre en voyage ou de l'emmener dîner. De passer du temps avec lui, quoi, Jack haussa les épaules.

– Sérieux ? C'est dingue, pourquoi est-ce que je n'en ai jamais entendu parler avant ?

– Ne pense même pas à essayer, grogna Khalan.

– Comme si j'en aurais le temps, je croisai les bras et le fusillai du regard.

– Préparez-vous à mourir, intervint le Dr. Kramer, l'air fou.

– Cette croix ne me fera rien et je t'aurai pris ton pieux avant même que tu arrives à approcher espèce de con, dis-je en décroisant les bras. J'étais en train de perdre patience.

– Ah ouais ? le Dr. Kramer déboutonna sa veste qu'il ouvrit pour révéler des fils, ainsi que ce qui ressemblait à de la pâte à modeler et un compte à rebours attachés à son torse.

– Merde, c'est une bombe, Jack écarquilla les yeux.

– C'est pas une simple bombe. Je l'ai remplie d'argent, et une fois qu'elle pétera, ses éclats empaleront tout le monde dans un rayon de quinze mètre. Je ne crains pas la mort Rachel Jones, et toi ?

Elle me terrifiait, ignorant où mon âme se rendrait. J'avais été convaincue d'aller au Paradis avant ma transformation, mais à présent que j'étais un vampire, j'ignorais si c'était encore possible. Les vampires étaient-ils seulement admis au-delà des portes perlées ? Ou étions-nous condamnés à l'Enfer ? Pire encore, à vivre l'éternité seuls ?

– J'ai des enfants, le suppliai-je.

– Ils seront bien mieux sans toi. Tu n'es rien d'autre qu'un monstre.

Khalan grogna. Sa colère irradiait de lui tant elle était profonde. Je m'éloignai davantage du Dr. Kramer et du danger qu'il représentait.

– Rachel, je veux que tu coures aussi loin et aussi vite que possible, Khalan ne quitta pas le Dr. Kramer du regard alors qu'il me parlait.

– Mais je ne vais pas te laisser là tout seul.

– Si.

– Khalan…

Le vampire se tourna pour me regarder. Ses yeux étaient emplis d'une tristesse profonde, ainsi que d'une vive douleur.

– Je suis ton Créateur, et je t'ordonne de fuir.

Une vague de peur déferla en moi. Je n'avais aucune envie de le quitter, mais j'étais incapable de contrôler mon corps. Mes pieds se mirent à bouger et je fus soudain en train de courir.

Mes talons hauts entaillèrent mes pieds dans ma fuite et

un torrent de larmes dévala mes joues, mais je fus incapable de mettre un terme à ma course.

Je l'avais laissé. J'avais laissé Khalan mourir à ma place.

Je parvins bientôt au bord de la rivière. Un fracas terrible fit voler en éclats le silence de la nuit et je me tournai brusquement. Une boule de feu gigantesque dansait dans le ciel de minuit.

J'attendis pendant ce qui me sembla être une éternité de voir Khalan s'extirper des flammes pour me rejoindre.

Mais il ne le fit pas.

Je fis aussitôt demi-tour. Il fallait que j'en aie le cœur net.

– Vous devez rester ici madame, intervint un officier de police en m'attrapant le bras. Les pompiers sont en route.

Je hurlai en tombant à genoux. Les cailloux me mordirent la peau, mais je m'en moquais. La douleur qui me serrait le cœur était bien pire. J'enfouis le visage dans mes mains en sanglotant.

– Rachel ! les talons hauts de Gina battirent l'asphalte et elle s'agenouilla à mes côtés. Oh mon dieu, ça va ? T'as été touchée par l'explosion ?! Tu ne devrais pas être là toute seule, les flics ont dit que le fou qui t'avais attaqué avait réussi à s'échapper.

– Je sais, pleurai-je.

– Je vais t'appeler une ambulance, attends.

– Non, je ne suis pas blessée. Je suis juste...

– Je sais ma belle. Tu es à bout. Et je comprends après tout ce qui s'est passé ce soir.

Gina s'assit par terre à mes côtés et elle passa un bras autour de mes épaules pour m'enlacer. J'étais trop fatiguée pour la repousser. Les sirènes des camions citernes retentirent bientôt au loin. Gina me lâcha enfin.

– Il faut qu'on se lève si on ne veut pas abîmer nos belles robes.

– Je m'en fous.

Je lui obéis malgré tout, le cœur en miettes.

– Où est ton homme ? elle regarda autour de nous. Peu importe, je vais te trouver un taxi pour rentrer. De mon côté on dirait que je vais devoir passer la nuit à remplir des rapports de police et à essayer de contenir ce désastre.

Je ne pris pas la peine de lui répondre. Edna nous rejoignit bientôt et proposa de me ramener chez moi. J'acquiesçai et me glissai dans sa Mercedes avant de lui murmurer mon adresse, l'esprit ailleurs. Elle alluma son GPS et nous quittâmes bientôt Memphis en direction de Charming.

CHAPITRE VINGT HUIT

– Vous êtes sûre que vous ne voulez pas que je rentre avec vous, ma belle ? Je pourrais vous préparer un verre pour vous calmer les nerfs, me proposa Edna en me tapotant la main.

– Non merci, j'étais vidée. Je n'avais aucune envie d'être avec quiconque à cet instant. Merci de m'avoir ramenée.

Elle acquiesça.

– Vous savez, à une époque je suis sortie avec un homme qui me regardait comme le vôtre vous regardait ce soir. Je m'en suis séparée parce que je pensais avoir besoin de quelqu'un qui pourrait m'offrir une certaine stabilité financière, elle secoua la tête. J'ai été stupide de ne pas suivre mon cœur.

Je ravalai la boule qui me serrait la gorge.

– Je ne l'ai pas vu quand nous sommes parties. J'étais pourtant certaine qu'il vous raccompagnerait chez vous ce soir, elle me lança un clin d'œil.

– Il est parti, dis-je.

Ces mots me firent l'effet de lames de rasoir sur la langue. Un torrent de larmes dévala mes joues, alors même que je pensais avoir pleuré toutes les larmes de mon corps.

– Je n'en serais pas si sûre à votre place, elle me caressa le dos. Si vous vous êtes disputés, je suis certaine que vous arriverez à vous réconcilier. Ne vous séparez pas. Je sais reconnaître un type bien quand j'en vois un. Et celui-là en est un.

Elle pensait que Khalan était encore en vie. Elle ignorait la vérité. Après tout, comment aurait-il pu en être autrement ? Après l'explosion, les camions pompiers étaient rapidement arrivés sur la scène pour éteindre les flammes mais l'incendie n'était pas encore maîtrisé lorsque nous étions parties.

J'avais entendu le chef des pompiers dire que deux corps avaient été retrouvés ainsi qu'un tas de cendres.

Ce tas de cendres devait être Khalan. Il ne pouvait en être autrement.

Il m'avait autrefois raconté que le corps d'un vampire se transformait en cendres s'il était brûlé à une température suffisamment élevée. C'était d'ailleurs ce qu'il avait espéré lorsqu'il avait assassiné Memphis et l'avait décapitée. Mais les camions citernes étaient parvenus à maîtriser l'incendie de son bus de tournée avant que le feu ne puisse anéantir son corps.

Quant à Khalan, il était mort dans l'explosion de cette bombe. Espérer que lui, ou que Jack aient pu survivre à une telle catastrophe aurait été stupide.

— Merci encore de m'avoir ramenée, j'ouvris la portière pour me glisser hors de voiture.

Je n'avais envie d'être avec personne à cet instant. Je voulais rentrer pour pouvoir m'enfermer chez moi et oublier le reste du monde. Je me hâtai de rejoindre ma porte d'entrée et me débattis un instant avec ma clé avant d'enfin parvenir à la glisser dans la serrure. J'ouvris la porte que je verrouillai derrière moi.

— Maman ? Gabby sortit de la cuisine, un bol de glace à la main. Qu'est-ce qui s'est passé ? On dirait que tu as été traînée dans la boue.

Les filles. J'avais complètement oublié qu'elles étaient à la maison.

Je m'essuyai le visage en me forçant à sourire.

– Oui en tout cas c'est l'impression que ça m'a fait.

– Arianna, viens voir, appela Gabby par-dessus son épaule.

Arianna se figea en m'apercevant.

– Oh mon dieu, est-ce que ça va ? Pourquoi t'as un pansement au bras ?

Le pansement. Ça aussi, je l'avais complètement oublié.

Je le décollai d'un coup sec. Ma coupure avait guéri et les points étaient tombés.

– Rien qu'une égratignure, je secouai la tête.

– Et ta robe… Maman mais elle est complètement fichue ! Arianna écarquilla les yeux.

– Je sais. La soirée a été… compliquée, dis-je en me faisant violence pour ravaler mes larmes. Ma détermination ne parvint cependant pas à contenir mes émotions et je les sentis bientôt mouiller mes joues.

– Qu'est-ce qu'il y a ? Arianna se précipita vers moi alors que je tombais à genoux.

– Il est parti.

– Qui ? Arianna écarquilla les yeux. C'est papa ? Quelque chose est arrivé à papa ?

– Non, il va bien, j'essuyai mes larmes du dos de la main. C'est Khalan.

– Qu'est-ce qui s'est passé ? insista Arianna en prenant ma main dans la sienne. Gabby vint s'asseoir à mes côtés.

– Je n'ai pas envie d'en parler, je séchai mes larmes en lançant un sourire triste à mes filles.

– Tu l'aimais bien, hein ? Gabby pencha la tête.

Je me tournai vers elle, puis vers Arianna.

– Oui mon cœur, je l'aimais bien.

– Tu devrais prendre un bon bain chaud. Je vais aller faire

couler l'eau avec ton bain moussant préféré, dit Gabby en courant à la salle de bain. J'entendis l'eau couler quelques instants plus tard.

Je me levai alors que Gabby revenait.

– Je suis désolée les filles.

Je ne voulais pas les inquiéter, je les attirai vers moi pour les enlacer. Je les lâchai bientôt et fus surprise de croiser leurs regards emplis de compassion.

– Ce n'est pas grave maman, acquiesça Arianna. On veut juste que tu sois heureuse. Et on sait que Khalan te rendait heureuse. Qu'importe ce qui s'est passé entre vous, j'espère que vous arriverez à vous réconcilier.

Une nouvelle larme m'échappa. Je secouai la tête.

– Je ne pense pas que ce soit possible.

Il était parti pour de bon. Il ne reviendrait jamais.

– Allez, va te mettre dans ton bain avant que l'eau ne refroidisse.

Gabby me prit la main et me tira vers la salle de bain. Elle récupéra le bol de glace qu'elle avait posé sur un meuble et elle me le tendit. Tu en as plus besoin que moi.

Mes deux filles s'éclipsèrent bientôt et je fermai la porte derrière elles. Je posai mon bol de glace pour me regarder dans le miroir.

Ma robe était tâchée de sang et déchirée par endroits. Mes cheveux étaient décoiffés et mon maquillage avait coulé d'avoir trop pleuré. Je ne ressemblais plus à rien.

Dans un soupir, je retirai mes talons hauts et me débarrassai de ma robe. Une vague de nausée me traversa lorsque je lançai un coup d'œil au bol de glace et je choisis de la laisser fondre sur le rebord du lavabo.

Je glissai un pied dans l'eau, puis l'autre avant de m'y plonger entièrement. Je me blottis sous la montagne de bulles pour ne laisser dépasser que ma tête. Mes cheveux allaient être trempés, mais je m'en moquais.

J'avais le cœur brisé et j'étais dévorée par la culpabilité.

J'aurais dû dire à Khalan ce que je ressentais pour lui plus tôt.

Mais j'avais laissé ma fierté, mes doutes et mes peurs d'être blessée à nouveau se mettre en travers de ma route.

Et il était à présent parti pour toujours.

Je pleurai dans mes bulles jusqu'à ce que l'eau devienne glacée. Je savais qu'il fallait que je sorte, mais j'en étais incapable.

Il faudrait pourtant que je bouge si je ne voulais pas passer le restant de mes jours dans l'eau froide.

Ainsi, je me redressai et attrapai la serviette épaisse posée sur le rebord de la baignoire. Je l'enroulai autour de ma poitrine et me levai pour aller me regarder dans le grand miroir de la salle de bain.

– Maman, tu pourras venir dans la cuisine quand tu auras terminé ? me demanda Arianna en toquant à la porte.

– Bien sûr, juste une minute.

Je pris un gant de toilette pour essuyer mon maquillage et mes larmes.

Je me séchai ensuite rapidement et m'habillai.

Je me dirigeai lentement vers la cuisine.

– Pourquoi est-ce que vous êtes encore debout, au fait ? je regardai Arianna, puis Gabby.

– On voulait juste t'attendre pour être sûres que tu rentrerais en un morceau, Arianna haussa les épaules.

– Et Arianna flippait parce qu'elle a entendu quelque chose dehors, renchérit Gabby en souriant.

– Ta gueule, Arianna la fusilla du regard.

– Mais c'est vrai ! Tu voulais même appeler la police alors que c'était juste Scooby qui courait dans le jardin.

Je soupirai.

– Bon mais je suis rentrée et tout va bien alors vous pouvez aller au lit maintenant.

Elles m'enlacèrent chacune à leur tour. J'aurais voulu que cela dure toujours.

– Merci les filles, je souris.

– Tu sais maman, tu devrais vraiment prendre un chien de garde.

– On n'a jamais eu de chien, renchérit Gabby, l'air excité.

– C'est parce que papa disait qu'il mettrait le bazar dans toute la maison, répondit Arianna en levant les yeux au ciel.

– Oui et bien il ne vit plus ici maintenant. Alors moi je vote pour qu'on prenne un chien, Gabby leva la main en sautillant sur place, et Arianna l'imita aussitôt.

– On en parlera demain matin, acquiesçai-je. Maintenant tout le monde au lit.

Les filles protestèrent brièvement avant d'aller dans leurs chambres. Je les regardai s'éloigner et j'appuyai sur l'interrupteur de la cuisine. La pièce fut aussitôt plongée dans la pénombre. Je n'étais normalement jamais fatiguée à la nuit tombée, mais j'étais exténuée ce soir, écœurée de vivre dans un monde gouverné par la cruauté et la méchanceté.

Si Khalan avait été un vampire, il avait cependant été doté d'une compassion plus profonde que la plupart des gens.

Je resserrai ma robe de chambre autour de ma taille et me rendis à ma chambre. Je fermai la porte derrière moi et la verrouillai. Je ne voulais pas que les filles me surprennent en pleine crise de nerfs.

Je balayai la pièce du regard en tentant de maîtriser ma respiration, mais ma gorge était encore serrée. Je courus à la fenêtre que j'ouvris et me penchai à l'extérieur pour inspirer profondément.

– Rachel.

Je sursautai en entendant mon nom et me cognai contre l'encadrement de la fenêtre. Je me tournai brusquement et trouvai Khalan dans mon dos, debout à côté de mon lit.

Il avait détaché ses cheveux et troqué son costume contre

un jean noir et un t-shirt de la même couleur qui le moulait à un point tel qu'il semblait être sur le point de se déchirer.

– Je rêve, hein, c'est ça ? marmonnai-je.

Je me dirigeai lentement vers le produit de mon imagination endeuillée.

– Tu ne rêves pas, dit-il en me regardant approcher.

– Khalan ? je m'arrêtai à quelques centimètres de lui et tendis la main pour effleurer son visage. J'éclatai en sanglots lorsque mes doigts rencontrèrent sa barbe naissante. Il me prit dans ses bras et je m'agrippai à lui en pleurant.

– C'est rien. Tout va bien.

Il me souleva pour me porter à la causeuse sur laquelle il me déposa avant de s'asseoir à mes côtés.

Mais il était déjà trop loin. Je me glissai sur ses genoux et passai les bras autour de son cou en sanglotant.

Il m'enlaça avec force et déposa un doux baiser sur mon front.

– Rachel, tout va bien. Ne pleure plus, je t'en prie.

– Ne pleure plus ? je m'éloignai brusquement pour le regarder à travers mes cils trempés de larmes. Je te croyais mort. J'ai vu la bombe exploser et j'ai même entendu des pompiers dire qu'ils avaient trouvé deux corps et un tas de cendres. Je pensais que c'était toi, dis-je en lui donnant une tape sur le torse.

Il prit ma main et il embrassa mes doigts.

– Je sais, et je suis désolé mon cœur. Mais il était hors de question que je laisse ce fou t'approcher. Il aurait pu te faire du mal.

– Mais je ne comprends pas… Il a dit que sa bombe était remplie de fragments d'argent, et que quand elle exploserait, ils nous empaleraient tous, je le fixai un instant avant de soulever son t-shirt. Sa peau musclée était parfaitement intacte. Tu n'es même pas blessé.

J'effleurai son torse du bout des doigts, ivre du besoin d'être près de lui.

– Tu ne devrais pas faire ça Rachel, sa voix était rauque et dangereuse, et ses pupilles dilatées suffirent à me faire comprendre qu'il me désirait.

– Raconte-moi ce qui s'est passé, dis-je en plaquant la main sur son torse.

Il couvrit ma main de la sienne.

– C'était une mission suicide. Je l'ai compris avant même de te dire de fuir. Le Dr. Kramer était prêt à mourir pour prouver qu'il avait raison, c'est pour ça que je ne pouvais pas te laisser rester. Quand tu es partie, Jack s'est mis à déblatérer des conneries à Kramer en lui assurant que la fille qui avait été tuée ne l'avait jamais aimé. Je me suis précipité sur Kramer pour essayer de l'empêcher de déclencher la bombe mais ce con de loup-garou l'a fait avant moi et lui a brisé la nuque. Le détonateur est tombé et la bombe a explosé.

– Mais, et l'argent alors ?

– Cet abruti ne devait pas en savoir très long sur les métaux. Il a dû acheter son argent sur internet sans le faire vérifier parce que ce n'en était pas, rien que des morceaux de fer recouverts d'argent.

– Et comment tu sais tout ça ?

– J'ai parlé à la police. Ils ignoraient que j'étais près de la bombe quand elle a sauté. Ils savaient juste que je m'étais battu avec Kramer parce qu'il t'avait agressée. Apparemment, ils ont fouillé sa maison et ont trouvé une sorte de manifeste contre les vampires sur son ordinateur. Il aurait consulté tout un tas de sites stupides sur les armes nécessaires pour tuer les créatures de la nuit, il ricana.

– Donc l'argent ne t'a rien fait ? Et le feu, alors ? Tu m'as dit qu'un incendie pouvait tuer un vampire et même transformer son corps en cendres si la température augmentait assez.

– C'est vrai, mais je me suis traîné à un bâtiment proche après l'explosion, pour me mettre à l'abri.

– Et Jack ?

Khalan ravala un soupir frustré.

– Il a réussi à s'enfuir. je l'ai vu traîner un corps depuis le camp des clochards sous le pont et le mettre sur le lieu de l'explosion. Il devait vouloir me faire croire qu'il était mort dans l'incendie.

– Quel connard, reniflai-je. J'espère qu'il ne reviendra pas à Charming.

– Il ne le fera pas à moins d'avoir une raison, il pencha la tête.

– Ne me regarde pas comme ça. Je ne veux plus jamais le revoir.

Son expression s'adoucit.

Je me blottis contre lui. Il enfouit le visage dans mon cou et m'enlaça tendrement.

CHAPITRE VINGT NEUF

Son souffle chaud chatouilla ma nuque alors qu'il expirait longuement, m'arrachant des frissons de plaisir dans tout le corps.

Je m'agrippai à lui comme à une bouée de sauvetage. Cet homme que j'avais autrefois qualifié de monstre était à présent essentiel à ma vie.

Comme les choses avaient changé.

– Je suis si bien, dit-il en me serrant plus fort. L'une de ses mains me caressa le dos avant d'aller trouver mes fesses.

Il remonta l'autre et la posa sur ma nuque.

Je gémis en réponse à son toucher. J'avais souvent rêvé de Khalan, mais aucun de mes fantasmes ne se comparait aux sensations qu'il éveillait en moi.

– N'ose même pas penser à arrêter. Pas cette fois, dis-je en plongeant mon regard dans le sien.

Il grogna son approbation avant de presser ses lèvres sur les siennes.

– On est d'accord, murmura-t-il contre ma bouche.

Il approfondit alors notre baiser, sa langue entamant une

danse endiablée avec la mienne. Il avait un goût épicé. Et j'en voulais toujours plus.

Il glissa les mains sous mon t-shirt qu'il me retira rapidement et je l'imitai avec le sien. Je gémis en découvrant l'étendue de muscles qui se cachait sous le tissu. Je fis courir mes doigts sur sa peau, et il enfouit le nez dans mon cou. Il défit les bretelles de mon soutien-gorge.

– Splendide, murmura-t-il contre ma peau entre deux baisers.

Je retrouvai ses lèvres et l'embrassai en m'agrippant à ses cheveux. Il me répondit avec une passion renversante tout en défaisant le bouton de mon jean. Il fit glisser ce dernier le long de mes jambes et je m'en débarrassai d'un coup de pied.

Je défis sa braguette d'un geste brusque, affamée. Il se pencha pour retirer son jean.

Il ne portait pas le moindre sous-vêtement.

Je pris son érection en main et la caressai doucement.

Il renversa la tête en gémissant et m'attira entre ses bras. Il me vola un baiser tandis que je le torturai lentement et s'attela bientôt à défaire mon soutien-gorge. Il le dégrafa et le jeta aussitôt par terre avant de tirer sur ma culotte qu'il déchira avec la même avidité.

Une fois à sa merci, il plaqua son corps nu contre le mien et m'embrassa longuement.

Je griffai sa chair et me pressait contre lui, mon corps entier embrasé par le désir, déjà endolori par le plaisir à venir.

Il me prit dans ses bras et j'enroulai les jambes autour de sa taille. Je glissai une main entre nos corps enlacés pour guider son érection vers ma féminité trempée.

Il me plaqua contre le mur et me pénétra d'un coup de rein puissant.

Je gémis de plaisir. Il captura mes lèvres dans un baiser ardent.

Sa respiration affolée se mêla à la mienne au rythme de ses coups de butoir. Je m'agrippai à ses cheveux en suçotant sa langue.

Il grogna.

Il enfouit le visage dans mon cou et y mordilla la chair sensible qu'il y trouva.

– Ne t'arrête pas, haletai-je en griffant son dos.

Ses mouvements devinrent aussi brusques que rapides et je sentis l'extase approcher à toute vitesse. Une vague de plaisir me submergea, m'aveuglant soudain.

Il grogna et me mordit le cou alors qu'il jouissait avec moi.

– C'était..., soupirai-je après quelques instants de répit.

– Incroyable, murmura-t-il à mon oreille.

Il déposa une volée de baisers sur ma joue avant de retrouver mes lèvres pour m'embrasser tendrement.

Il me porta à mon lit et me déposa doucement sur le matelas. Son regard parcourut le moindre recoin de mon corps, noir de désir.

– Tu es époustouflante.

Il se mit à genoux avant de se glisser au-dessus de moi.

Cette fois lorsque nous refîmes l'amour, notre union fut douce et nous prîmes le temps de découvrir le corps de l'autre.

Je ne m'étais jamais sentie autant désirée, ou chérie que dans ses bras.

CHAPITRE TRENTE

Je me réveillai et me tournai aussitôt de l'autre côté du lit.

Il était vide. Khalan était parti.

Mon cœur se brisa. Il était parti avant l'aube. J'avais espéré qu'il reste un peu plus longtemps. Je me forçai à me lever et enveloppai mon corps nu dans ma robe de chambre.

Je traversai jusqu'aux chambres des filles. Dire qu'elles m'avaient vu complètement paniquée après la soirée. Je souris en songeant à la gentillesse dont elles avaient fait preuve. J'avais de la chance d'avoir des enfants aussi attentifs.

Je m'arrêtai devant la chambre d'Arianna dont j'ouvris lentement la porte. Elle était couchée sur le côté, les mains rassemblées sous sa joue. Je m'appuyai contre l'encadrement de la porte en comptant ses respirations apaisées.

Je fermai la porte après quelques minutes et allai à la chambre de Gabby. Je saisis la poignée et me figeai sur place en entendant un couinement de l'autre côté de la porte. Une vague de peur me retourna aussitôt l'estomac et j'ouvris la porte brusquement.

Une boule de poils releva brusquement la tête, curieuse. Le chien jappa de surprise.

– Mais comment t'es arrivé là, toi ? demandai-je au berger allemand.

Il pencha la tête et me fixa comme si je lui avais posé une question stupide.

Gabby, encore endormie, soupira en se retournant.

Le chien couché à ses pieds reporta son attention sur elle. Une fois qu'elle eut cessé de bouger, il se tourna vers moi à nouveau.

– J'ai l'impression de t'avoir déjà vu, murmurai-je en m'approchant lentement.

Le chien s'assit aussitôt et sortit la langue en haletant. Il avait l'air de sourire.

– Tueur ? ce chien ressemblait à celui que Khalan avait amené pour *garder* les filles lorsque nous étions sortis nous nourrir, un soir.

Je tendis la main. Il ne prit même pas la peine de la renifler et se contenta de la lécher du poignet à la pointe des doigts.

– Beurk, je m'essuya la main sur la manche de ma robe de chambre.

Tueur pencha la tête en m'observant longuement.

– Mais d'où est-ce que tu sors ? je jetai un coup d'œil à la fenêtre de Gabby. Elle était fermée et verrouillée. Je fis le tour de la pièce et remarquai alors un morceau de papier plié posé avec soin sur le bureau de Gabby. Je le pris, curieuse. À l'extérieur était écrit, *Pour Gabby et Arianna*.

Je jetai un coup d'œil à Gabby qui était encore profondément endormie avant d'ouvrir la lettre.

Je me rendis à la fenêtre. La lune était pleine et baignait la chambre d'un doux halo argenté.

Je me servis de ses rayons pour éclairer la missive.

Chères Gabby et Arianna,

Je suis un berger allemand de trois ans et vous pouvez m'appeler comme bon vous semble. J'ai été abandonné par ma famille quand ils ont déménagé et j'espère que vous serez d'accord pour me laisser vivre avec vous à partir de maintenant. Je suis gros, c'est vrai, mais j'ai aussi un très grand cœur. J'adore jouer à la balle, mâchouiller des os (et des chaussures!), faire la sieste avec ma famille et les grattouilles sur les fesses. Par contre, je n'aime pas trop les gens méchants (je suis très protecteur), qu'on me crie dessus (je suis très sensible), qu'on m'ignore ou qu'on me laisse seul, et que ma famille soit triste.

Si vous me gardez avec vous, je jure de faire pipi uniquement dehors (la plupart du temps), de vous protéger du danger (j'ai les dents bien aiguisées) et surtout de vous aimer jusqu'à la fin de mes jours.

Gros bisous,

Votre nouveau chien

Je repliai la lettre avec soin et la portai à mon nez. J'inspirai profondément.

Khalan. Son odeur était imprégnée dans le papier.

Il avait fait cadeau d'un chien à mes filles.

Je ravalai les larmes qui me piquaient les yeux et sortis de la chambre en silence. Je retournai à la mienne sur la pointe des pieds en étouffant un bâillement.

Je me glissai dans mon lit alors que l'aube approchait doucement, comblée.

CHAPITRE TRENTE ET UN

– Maman, réveille-toi !, hurla Gabby en sautant sur mon lit.

J'ouvris un œil, encore fatiguée. Arianna et Gabby étaient toutes deux assises sur mon lit, un sourire resplendissant aux lèvres.

– Je suis réveillée ça y est, dis-je me redressant. Qu'est-ce qu'il y a ?

– Regarde !

Arianna pointa du doigt le sol au pied du lit. Je me levai pour aller y jeter un coup d'œil. Le berger allemand était assis là et attendait patiemment qu'on s'occupe de lui. Il pencha la tête en me regardant.

– Il était sur mon lit quand je me suis réveillée !, dit Gabby. Allez viens, Crotte de nez, l'interpella-t-elle en tapotant le lit.

Le chien obéit aussitôt.

– Il est hors de question qu'on l'appelle Crotte de nez, la gronda Arianna en secouant la tête.

– D'où est ce qu'il vient ? dis-je. Je me mordillai la lèvre pour faire taire un sourire.

– C'est un cadeau.

– De qui ?

– J'ai bien ma petite idée mais je ne dirai rien, sourit Arianna. On peut le garder, dis ?

– Je ne sais pas, les filles… Un chien c'est beaucoup de responsabilités. Il va falloir le promener, le nourrir et…

– Et il a besoin d'une famille pour prendre soin de lui, m'interrompit Gabby. Elle enlaça le chien et enfouit le visage dans son pelage.

– On prendra soin de lui, promis. Hein, Gabby ? Arianna me lança un regard plein d'espoir.

– Oui, tu n'auras rien à faire du tout. On le nourrira et on le promènera et on lui fera même prendre son bain, supplia Gabby.

Je tendis la main pour caresser le chien.

– Bon, il va falloir aller lui acheter des croquettes.

– Pas besoin, rétorqua Arianna, survoltée. Il y en a un gros sac dans la cuisine.

– Ah oui ?

– Oui, ce qui veut dire que la personne qui l'a amené sait qu'on sera une bonne famille pour lui, elle haussa les épaules. Khalan est plutôt malin.

– Parce que tu crois que c'est Khalan qui l'a amené ?

– Pas toi ? Papa ne nous laisserait jamais avoir un chien, il dit que les animaux sont sales, Arianna leva les yeux au ciel. Tu devrais inviter Khalan à dîner ce soir. Pour le remercier de nous avoir amené Voyou.

– Ah non, on ne l'appelle pas Voyou, c'est stupide, ronchonna Gabby.

– C'est une très bonne idée, Arianna.

– Le nom ? me demanda-t-elle tandis que son visage s'illuminait.

– Non, d'inviter Khalan à dîner, je ris. Mais d'abord, il faut lui trouver un nom, je réfléchis un instant en me mordillant la lèvre inférieure. Et si on l'appelait Karma ? C'est un peu un synonyme de « destin ».

Toutes deux sourirent.

– C'est parfait, acquiesça Arianna.

– Et toi, qu'est-ce que tu en penses ? je me tournai vers ma cadette.

– Je suis d'accord, ça lui va bien, sourit Gabby.

Une fois notre premier animal de compagnie baptisé, nous passâmes la journée dehors à jouer avec lui.

Nous lui donnâmes un bain et le nourrîmes après lui avoir laissé le temps de s'habituer à la maison. J'eus un mal fou à rester éveillée, mais je retrouvai mon énergie dès que le soleil eut disparu sous l'horizon.

– Qu'est-ce que vous voulez pour dîner ? demandai-je aux filles de l'autre côté de l'îlot de cuisine. Karma était roulé en boule sur une couverture non loin de la fenêtre, profondément endormi. Je me fis une note mentale d'aller lui acheter un panier dès le lendemain.

– Des lasagnes, dit Arianna.

– Ça te va, Gabby ?

– Oui ! elle bondit de son tabouret et alla rejoindre Karma sur la pointe des pieds. Elle se coucha par terre à ses côtés et se blottit contre lui.

Je la regardai caresser son pelage alors qu'il dormait.

– Fais-en assez pour Khalan, Arianna se leva et alla s'asseoir à côté de Karma.

Ce n'est qu'alors que je réalisai que nous venions de passer la journée en famille, toutes ensemble. Arianna n'avait même pas sorti son téléphone sauf pour prendre quelques photos de Karma qu'elle avait envoyées à ses amies.

Je sortis tous les ingrédients nécessaires pour préparer le dîner. Pendant que je cuisinais, les filles réveillèrent le chien et l'emmenèrent dans la chambre d'Arianna pour jouer.

Une fois le dîner presque prêt, je commençai à mettre la table sur l'îlot.

– Ben, on mange pas dans la salle à manger ? me demanda Arianna.

– Si, pourquoi pas.

Je n'avais aucune envie de me disputer avec elle.

J'allai mettre la table dans la salle à manger.

Je relevai la tête et vis un visage à travers la fenêtre. Je sursautai.

– *Bon sang Khalan, tu m'as fichu une peur bleue,* murmurai-je. Entre.

Je lui fis signe de faire le tour et allai aussitôt déverrouiller la porte d'entrée.

– Et ben, c'est une première, dis-je en fermant la porte derrière lui.

– Quoi ? grogna-t-il.

– Que tu utilises la porte d'entrée.

– Khalan, t'es venu pour dîner !

Gabby nous rejoignit en courant et elle se jeta sur lui, enlaçant sa taille.

Khalan écarquilla les yeux en se tournant vers moi dans un appel au secours silencieux.

Je souris en haussant les épaules.

– Arianna, Khalan est arrivé ! hurla Gabby.

Je me tournai. Arianna sortit de la cuisine, Karma à ses côtés. Le chien reconnut Khalan et courut vers lui. Il plaqua les pattes sur son torse puissant et lui lécha le visage.

Le vampire sourit en le grattant derrière les oreilles.

Nous le regardâmes toutes faire, presque clouées sur place.

– Au fait merci pour Karma, murmura Arianna.

Le chien cessa de lécher Khalan pour se tourner vers mon aînée.

– Comment tu sais que c'était moi ? il fronça les sourcils.

– Je le sais, c'est tout, elle haussa les épaules. Allez viens t'asseoir, maman a fait des lasagnes pour le dîner.

– Je suis juste venu parler à votre mère, rétorqua Khalan.

– Mais non, reste pour le dîner. On a jamais d'invités, insista Gabby en tirant sur sa manche.

– Oui, reste. Les lasagnes de maman sont à tomber, Arianna alla tirer une chaise. Tu peux t'asseoir là.

– Il faut que je discute avec votre mère d'abord, il se tourna vers moi.

– Vous pouvez finir de mettre la table, les filles ?

– Bien sûr, elles allèrent chercher des serviettes et couverts avant d'aller les disposer sur la table de la salle à manger.

Khalan me suivit dans la cuisine.

– Dis-moi que tu restes. Les filles seront vraiment déçues si tu ne manges pas avec nous, je le regardai. Je me sentis rougir en songeant à tout ce que nous avions partagé la nuit précédente.

Je fis taire ces pensées rapidement en éteignant le four et en allant chercher des maniques pour sortir les lasagnes.

– Si tu veux, il se glissa dans mon dos et mit les mains sur mes hanches. Laisse-moi faire, c'est chaud.

Il m'éloigna doucement et je lui tendis les maniques. Il sortit le plat à gratin du four avant de le poser sur un torchon.

– Tu sais que je ne mange pas d'habitude, hein ? Mais je vais faire un effort pour tes filles, sa voix était profonde, mais douce.

– Merci, une vague de chaleur me traversa en réponse à sa proximité. Manger était la dernière de mes préoccupations à cet instant, mais je devais penser aux filles.

– J'emmène la salade sur la table, dit Gabby en entrant dans la cuisine, Karma sur ses talons.

Je pris un dessous de plat et allai le mettre à la salle à manger. Khalan me suivit et y posa le plat.

– Je me mets où ?

– À côté de moi, Gabby tira une chaise en bout de table. Tu peux t'asseoir là et Arianna et moi on se mettra à côté de toi. Pardon maman mais tu ne peux pas te mettre à côté de lui, dit-elle en me regardant.

Je ris avant de prendre place à côté d'Arianna.

– Je comprends.

Nous fûmes tous bientôt installés, et je les regardai se servir.

J'avais longtemps craint que ma famille ne serait plus jamais rassemblée de la sorte après mon divorce.

Mais à cet instant, avec mes filles et Khalan assis à la même table, j'avais enfin l'impression que tout irait bien.

CHAPITRE TRENTE DEUX

Une fois le dîner terminé, Khalan m'aida à faire la vaisselle tandis qu'Arianna emmenait le chien dans le jardin. Khalan avait fait l'effort de manger devant les filles, mais je l'avais malgré tout surpris en train de donner quelques bouchées à Karma discrètement.

– Je sais ce que t'es, dit Gabby, les bras croisés alors qu'elle fixait mon Créateur.

– Quoi ? il me lança un regard en coin avant de se tourner vers elle.

– Je sais que t'es un sorcier, sourit ma cadette.

– Ah, son expression se détendit et il se remit à essuyer la sauteuse.

– Est-ce que t'as une baguette ? demanda Gabby en penchant la tête.

– Malheureusement non, il lui lança un sourire rapide.

– Mais je pensais que tous les sorciers avaient une baguette.

– Pas nécessairement. Personnellement je trouve ça encombrant, Khalan haussa les épaules. J'étouffai un éclat de rire.

Arianna entra dans la cuisine en courant.

– Maman ! Scooby est encore dans le jardin !

– Super, je me séchai les mains dans un torchon et me rendis au jardin en soupirant. Khalan et les filles me suivirent.

Karma aboyait comme un fou tandis que Scooby se frottait contre lui.

– Arrête ça ! criai-je. Scooby, arrête ça tout de suite.

Je savais pouvoir hypnotiser les animaux, mais il fallait pour ça qu'ils me regardent. Et Scooby était bien trop occupé à s'accoupler avec la patte arrière de Karma pour me prêter la moindre attention.

– Je vais lui donner un bon coup de jet d'eau, ça va le calmer.

– Attends, laisse Khalan s'en occuper avec sa magie, intervint Gabby en me retenant.

– Gabby, mon cœur…

– Elle a raison. Je vais m'en occuper, intervint mon Créateur.

Khalan se dirigea vers les chiens. Karma se tut aussitôt. Le vampire s'agenouilla face à Scooby, qui se frottait encore contre le Berger Allemand.

Il plongea son regard dans le sien et agita ses mains dans les airs.

– Laisse Karma tranquille.

Scooby cessa immédiatement toute activité sexuelle. Il pencha la tête en fixant Khalan.

– Je veux que tu rentres chez toi et que tu arrêtes d'embêter les chiens du quartier, murmura-t-il d'un air mystérieux en remuant les doigts.

Khalan se leva, et Scooby lâcha Karma pour courir jusqu'à la clôture avant de se glisser en-dessous pour rentrer chez lui.

– Tu vois, je t'avais dit que c'était un sorcier, s'exclama

Gabby en sautillant sur place.

– C'est l'homme qui murmure à l'oreille des chiens, renchérit Arianna en riant.

– Ne le dites à personne, c'est un secret, intervint Khalan alors qu'il nous rejoignait.

– C'est promis, dit Gabby, l'air solennel.

Arianna acquiesça son approbation.

Les filles retournèrent bientôt à l'intérieur accompagnées du chien et je me retrouvai alors seule avec Khalan. Je me tournai pour plonger mes yeux dans les siens.

– Merci pour le chien. Les filles l'adorent.

– Tant mieux. Il avait besoin d'une famille attentionnée, il fit un pas vers moi.

Mon cœur bondit dans ma poitrine.

– Tu n'étais plus là quand je me suis réveillée, je me sentis rougir.

– J'avais quelques trucs à faire, il entrelaça ses doigts avec les miens en me fixant.

– Où est-ce que t'as trouvé ce chien ?

– Ses propriétaires l'ont abandonné quand ils ont déménagé. Je l'ai trouvé enchaîné à un arbre dans leur jardin. Je l'ai pris chez moi jusqu'à ce qu'il reprenne des forces. Il avait la peau sur les os quand je l'ai trouvé.

– Comment peut-on traiter un animal de la sorte ?

– Les humains sont comme ça, dit Khalan en haussant un sourcil.

– Moi pas, boudai-je.

– Tu n'es pas humaine, il sourit en effleurant mes lèvres du bout des doigts.

Je les entrouvris presque malgré moi.

– Mes filles sont humaines.

– Oui mais elles sont comme leur mère. Extraordinaires, il prit mon visage en coupe.

La porte du jardin s'ouvrit soudain et Arianna passa la tête dehors. Je bondis en m'éloignant de Khalan.

– Arrêtez de vous cacher, on sait déjà qu'il y a quelque chose entre vous, intervint Arianna, en haussant les yeux au ciel.

– Quoi ? j'écarquillai les yeux.

– Oh arrête maman, elle sortit en perchant les mains sur ses hanches. On n'est pas bêtes, on sait que vous sortez ensemble.

J'ouvris la bouche en ignorant pourtant quoi dire.

Khalan se tourna pour rencontrer le regard de ma fille.

– En fait si je suis venu ce soir, c'était avant tout pour te demander ta permission, à toi et à Gabby, de fréquenter votre mère.

– Pardon ? ma mâchoire se décrocha.

Mon cœur s'affola en réponse à ses mots. J'aurais été incapable de mettre un nom sur le torrent d'émotions qui se déchaînait en moi.

– Oui, il me regarda brièvement avant de se tourner vers Arianna à nouveau.

– Qu'est-ce qui se passe ici ? cria Gabby depuis la porte. Pourquoi on ne me dit jamais rien à moi ? elle nous rejoignit en courant, Karma sur ses talons.

– Gabby, j'aimerais te demander, à toi et à Arianna, la permission de fréquenter votre maman, Khalan regarda l'une, puis l'autre.

– Bah bien sûr que tu peux. On n'a jamais eu de sorcier dans la famille, elle passa les bras autour de sa taille et l'enlaça brièvement avant de venir me faire un câlin puis de retourner à l'intérieur avec le chien.

– Arianna ? je fus incapable de faire taire ma nervosité alors que j'attendais sa réponse.

– Tant que tu rends maman heureuse, je suis d'accord, Arianna alla donner une brève accolade à Khalan. Il vaut mieux que je retourne à l'intérieur, sinon Gabby va donner du chocolat au chien, dit-elle en tournant les talons.

J'étais sans voix.

– Bon, ça s'est mieux passé que je ne le pensais, dit Khalan en se tournant vers moi.

– Tu te fous de moi ? Arianna t'as enlacé, dis-je, les yeux écarquillés.

– C'était plus une accolade qu'autre chose, il haussa les épaules.

– Non mais tu ne comprends pas, elle ne fait de câlins à *personne*. Moi quand je la prends dans mes bras, j'ai l'impression d'enlacer une poupée de chiffon. Et je ne l'ai encore jamais vue faire un câlin à Miles pour lui dire au revoir quand il dépose les filles. Je t'assure que ce n'est pas rien.

– Bon, mais ne va pas m'inscrire aux réunions parents-profs tout de suite. Elle aura sûrement changé d'avis d'ici demain et elle se mettra à me détester comme toute bonne adolescente le ferait.

– Peut-être, je l'observai.

Je l'avais vu s'essuyer les yeux lorsqu'elle l'avait enlacé. Il n'était pas aussi détaché qu'il voulait le faire paraître.

– Ça te dit qu'on aille regarder un film avec les filles ? je le rejoignis et passai les bras autour de son cou.

Il malaxa mes fesses en me pressant contre lui.

– Et faire des galipettes derrière ta porte de chambre fermée à double tour une fois qu'elles seront endormies ? il sourit.

Khalan captura mes lèvres dans un long baiser passionné. Je fondis contre lui. Lorsqu'il détacha ses lèvres des miennes, nous haletions tous deux.

– Il vaut mieux qu'on rentre avant que je ne t'attire dans les bois pour te soumettre à la moindre de mes envies, sa voix rocailleuse m'arracha un frisson.

– On a bien le temps de…

Arianna ouvrit brusquement la porte du jardin.

– Maman, Gabby ne veut pas me donner la télé-commande !

Je soupirai.

– On arrive.

CHAPTER TRENTE TROIS

La sonnerie de mon téléphone me tira de ma torpeur le lendemain matin.

Je me tournai vers la table de nuit et récupérai l'objet de torture dans un soupir. J'ouvris un œil. Ma chambre était baignée de lumière. J'avais oublié de fermer les rideaux lorsque j'étais rentrée après avoir déposé les filles à l'école.

– Allô ?

– Rachel, c'est Gina. Tu ne vas jamais le croire…

– Il est quelle heure ?

– Midi. Attends, tu dormais ? Qu'est-ce qu'il y a ? T'as la grippe ou un truc du genre ?

– Non, ça va. Je suis restée debout tard hier soir, je faisais juste une sieste, ce n'était pas tout à fait un mensonge. Je me redressai en me frottant les yeux. Qu'est-ce qu'il y a ?

– Le bateau sur lequel on avait organisé la soirée a eu un accident. Il est rentré dans un truc submergé dans le Mississippi et ça a fait un trou énorme dans sa coque.

– Ah ouais ? je bâillai.

– Ouais, ils ont envoyé des plongeurs le réparer et tu sais ce qu'ils ont trouvé ?

– Je ne sais pas Gina, j'étais trop fatiguée pour lui prêter la moindre attention.

– Le pick-up de Brad. Avec son corps à l'intérieur.

J'écarquillai les yeux en ravalant un gémissement de surprise.

– Quoi ?

– C'est dingue, hein ? J'arrive pas à y croire. Je te parie que Nikki est ravie maintenant qu'elle va pouvoir toucher l'argent de son assurance vie.

– Bon et il s'est suicidé alors ? ma voix trembla.

– Oh Rachel, je suis désolée. Je sais que tu étais amie avec lui, toi aussi. Je ne voulais pas t'accabler.

– Non, ce n'est rien. Enfin si, c'est grave. Et horrible. Donc Brad s'est vraiment suicidé...

– Mais c'est ça, le truc. Ils ont pratiqué une autopsie et ils n'ont pas retrouvé d'eau dans ses poumons. Ça veut dire qu'il ne s'est pas noyé dans la rivière.

– Et il est mort comment alors ?

– Ben, ils ne savent pas. Ils disent avoir trouvé des plaies sur son visage et son cou, mais il est resté dans l'eau un moment et il se serait fait dévorer par les poissons, apparemment. Ils essaient encore de déterminer la cause de la mort.

– Et ils ont trouvé autre chose ?

Je priai pour que mon ADN n'ait été retrouvé ni sur lui, ni dans son pick-up. Avec un peu de chance, l'eau et l'œuvre du temps auraient tout nettoyé...

– Je ne sais pas. Mais je te tiendrai au courant quand j'en saurai plus.

– Merci, c'est gentil.

– Vraiment je suis désolée Rachel, conclut Gina avant de raccrocher.

Voilà que je me retrouvais avec un meurtre sur les bras. Pile au moment où les choses commençaient enfin à s'arranger.

À PROPOS DE L'AUTEUR

Jodi Vaughn est l'auteur à succès de USA Today de plus de vingt-cinq romans. Quand elle ne crée pas de mondes romantiques paranormaux et fantastiques avec des héroïnes fortes et des héros protecteurs, elle peut être trouvée à la maison avec sa famille, trois chiens et deux cygnes.

Inscrivez-vous pour les dernières versions!https://us10.list-manage.com/subscribe?
u=d29330aeab082106d75d50e97&id=cbbcfdb0dc

Jodivaughn.com